魔《ま》女《じょ》学《がっ》校《こう》物《もの》語《がたり》

最《さい》高《こう》のルームメイト

石崎洋司／作　藤田 香／絵

講談社 青い鳥文庫

もくじ

このお話《はなし》に出《で》てくる人《ひと》たち

桃花《とうか》・ブロッサム

王立魔女学校《おうりつまじょがっこう》の生徒《せいと》。このお話《はなし》の主人公《しゅじんこう》。まじめだけれど、ちょっぴりキレやすい。

マガズキン

桃花《とうか》のルームメイト。マガスキー男爵《だんしゃく》の娘《むすめ》で、作家《さっか》をめざしている。

ティアー

桃花《とうか》のルームメイトで、おっとりしたお嬢《じょう》さま。黒魔女《くろまじょ》しつけ協会《きょうかい》のグラシュティグ会長《かいちょう》の娘《むすめ》。

ミルフィーユ

桃花《とうか》の後輩《こうはい》。メリュジーヌ校長《こうちょう》の孫《まご》で、わがもの顔《がお》にふるまっている。

メリュジーヌ校長《こうちょう》

みんなに公平《こうへい》にきびしい、王立《おうりつ》魔女学校《まじょがっこう》の校長《こうちょう》先生《せんせい》。

ギュービッド

桃花《とうか》の先輩《せんぱい》。魔《ま》女学校一《じょがっこういち》のお騒《さわ》がせ黒魔女《くろまじょ》として、学内《がくない》の有名《ゆうめい》人《じん》。

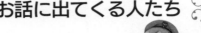

特別推薦入学許可書《とくべつすいせんにゅうがくきょかしょ》

火《ひ》の国《くに》バダホス村《むら》
桃花《とうか》・ブロッサム殿《どの》

本校《ほんこう》の調査《ちょうさ》の結果《けっか》、貴殿《きでん》は、
火《ひ》の国王立魔女学校《くにおうりつまじょがっこう》「特別推薦入学者《とくべつすいせんにゅうがくしゃ》」に
ふさわしいとみとめられました。
よって、エオスターラの十三日後《にちご》の
「魔《ま》の時刻《じこく》」までに、登校《とうこう》すること。

※なお、特別推薦入学者《とくべつすいせんにゅうがくしゃ》は、授業料《じゅぎょうりょう》は
全額免除《ぜんがくめんじょ》、制服《せいふく》と生活費《せいかつひ》も支給《しきゅう》されます。

ベルゼブル暦《れき》六六六年《ねん》
エオスターラの月《つき》の新月《しんげつ》の晩《ばん》
火《ひ》の国王立魔女学校校長《くにおうりつまじょがっこうこうちょう》
メリュジーヌ

第《だい》一話《わ》　桃花《とうか》、魔女学校《まじょがっこう》に入学《にゅうがく》

1 桃花《とうか》、王立魔女学校《おうりつまじょがっこう》へ

じゃり、じゃり、じゃり……。

……ほんとにこの坂道《さかみち》の先《さき》に、王立魔女学校《おうりつまじょがっこう》があるのかなぁ。

もう十分《ぷん》以上《いじょう》も歩《ある》いているのに、建物《たてもの》もなければ、人《ひと》のいる気配《けはい》もなく。

ミルク色《いろ》の霧《きり》は、どんどんこくなってくるし、ふみしめる砂利《じゃり》の音《おと》はうるさいし……。

「しょうがないだろ。砂利《じゃり》なんだからさ。」

だ、だれ！

「だれって、砂利《じゃり》だよ。」

砂利《じゃり》？　道《みち》にしいてある、砂《すな》まじりの小石《こいし》のこと？

いわれてみれば、たしかに声《こえ》は足《あし》もとから。ってことは、まさか、道《みち》がしゃべった？

「それそれ。ここ、その『まさか』。漢字《かんじ》で書《か》くと『魔坂《まさか》』だ。」

魔坂《まさか》？　な、なるほど、じゃあ、やっぱりここは王立魔女学校《おうりつまじょがっこう》へつづく道《みち》なのね。

それにしても、道《みち》がしゃべるなんて、やっぱり魔女《まじょ》が集《あつ》まる場所《ばしょ》はちがう……。

「しっかし、おまえみたいに、歩《ある》いて入学《にゅうがく》するやつも、めずらしいな。みんな馬車《ばしゃ》に乗《の》ってくるのに。あ、もしかして、おまえ貧乏人《びんぼうにん》の娘《むすめ》？」

び、貧乏人《びんぼうにん》？

「それに、かなりの田舎《いなか》から出《で》てきたんだろ？　その服《ふく》、みすぼらしいもんなぁ。いまどき、茶色《ちゃいろ》の麻《あさ》のワンピースだなんて、めずらしすぎる。」

ひ、ひどい……。これ、お母《かあ》さんが、火《ひ》の国《くに》の都《みやこ》で王立魔女学校《おうりつまじょがっこう》の入学式《にゅうがくしき》だなんて、人生《じんせい》の晴《は》れ舞台《ぶたい》だよって、いっしょうけんめいにぬってくれたのに……。

「きっと、いろいろ肩身《かたみ》のせまい思《おも》いをするだろうけど、がんばれよ。たまーにだけど、貧乏人《びんぼうにん》の娘《むすめ》も入学《にゅうがく》するんだし。校長《こうちょう》のメリュジーヌだって、もとはといえば魔《ま》……。」

「だまれ、砂利《じゃり》！」

とつぜん、低《ひく》い声《こえ》が響《ひび》いた。と思《おも》ったら、とつぜん、霧《きり》が晴《は》れて。

目《め》の前《まえ》にあらわれたのは、巨大《きょだい》な石造《いしづく》りの城門《じょうもん》。さびてまっ赤《か》な大《おお》きな鉄《てつ》のとびら。そして、その両側《りょうがわ》に、ひとつずつ、檻《おり》がおいてある。そのなかで、なにかがうごめいていて……。

ひとつには、巨大《きょだい》な青《あお》いトカゲ、そして、もうひとつには、白《しろ》い虎《とら》。

こ、これが、王立魔《おうりつま》女学校《じょがっこう》の門番《もんばん》として有名《ゆうめい》な、青龍《ブルードラゴン》と白虎《ホワイトタイガー》……。

「砂利《じゃり》！　よけいなことをいっていると、あとで痛《いた》いめにあわせるぞ！」

青龍《ブルードラゴン》が赤《あか》い舌《した》をちろちろさせると、白虎《ホワイトタイガー》も牙《きば》をむいて。

「新入生《しんにゅうせい》のおまえも、よけいなことに、耳《みみ》を貸《か》すんじゃないぞ！」

こ、こわっ。

「いいから、早《はや》く入《はい》れ！」

わ、わかりました。いますぐ、入《はい》りますから、そんなにどならないで……。

あたしは、青龍《ブルードラゴン》と白虎《ホワイトタイガー》の入《はい》った檻《おり》のあいだを、ころがるように、かけぬけた。

……こ、ここまで来《く》れば、だいじょうぶかな？

ああ、びっくりした。魔女学校《まじょがっこう》はきびしいところだって聞《き》いてはいたけど、ここまでとは予想《よそう》もしてなかった。

予想外《よそうがい》といえば、この暗《くら》いふんいきもそう。だって、今日《きょう》は入学式《にゅうがくしき》。お花《はな》でかざられた校門《こうもん》とか、『祝《しゅく》・入学《にゅうがく》』って書《か》かれた立《た》て看板《かんばん》を想像《そうぞう》してたのに。

でも、いま目《め》の前《まえ》にあるのは掘《ほ》っ立《た》て小屋《ごや》。それも、柱《はしら》に屋根《やね》をのせただけで、かべもない。古《ふる》めかしい井戸《いど》があるところを見《み》ると、きっと、洗濯場《せんたくば》なんだろうけど、こんなレトロなもの、あたしの村《むら》にだって、残《のこ》ってない。

あ、岩場《いわば》の上《うえ》に、大《おお》きな建物《たてもの》が見《み》えてきた。あれが魔女学校《まじょがっこう》？

とはいえ、こちらも、かなりレトロ。丸太《まるた》の土台《どだい》、まっ黒《くろ》な屋根《やね》。レンガの煙突《えんとつ》も、ベージュのかべも、雨《あめ》と風《かぜ》にさらされて、黒《くろ》いしみだらけ。どこが正門《せいもん》かもわからず。

……なんか、すごいがっかり。ふるさとの村《むら》の人《ひと》たちも、中学校《ちゅうがっこう》の先生方《せんせいがた》も、「王立魔《おうりつま》女学校《じょがっこう》に推薦入学《すいせんにゅうがく》だなんて、村《むら》はじまって以来《いらい》の快挙《かいきょ》！」って、ほめてくれたのに。

それが、こんな陰気《いんき》で、入《い》り口《ぐち》すらわからない学校《がっこう》だなんて……。

「あらあ、いらっしゃい～。待《ま》ってたのよ～。」

とつぜん、若《わか》い女《おんな》の人《ひと》の声《こえ》がした。

見《み》ると、うすよごれた机《つくえ》と木《き》のイスに、魔女学校《まじょがっこう》の制服《せいふく》を着《き》た女《おんな》の人《ひと》がすわってる。だけど、その顔《かお》ときたら口紅《くちべに》べっとり、まつげはバチバチ。豊《ゆた》かな金髪《きんぱつ》はぐりんぐりんの縦《たて》ロール。王立魔女学校《おうりつまじょがっこう》という名前《なまえ》には、場《ば》ちがいもいいとこだけど。

「あなた、新入生《しんにゅうせい》でしょ〜。お名前《なまえ》はぁ？」

あ、この人《ひと》、受付係《うけつけがかり》なのね。

「と、桃花《とうか》・ブロッサムです……。」

「あらぁ、あたしと、ひと文字《もじ》ちがい〜。」

え？

「あたし、三年《ねん》の桜田桃香《さくらだももか》よ〜。『とうか』じゃなくて『ももか』〜。みんなは、ピーチって呼《よ》んでるのぉ〜。あなたも、ピーチ先輩《せんぱい》って、呼《よ》んでね〜。」

は、はあ……。それにしても、この人《ひと》、どうしていちいち「〜」をつけるのかな……。

「はい、これが、あなたの制服《せいふく》〜。」

ピーチ先輩《せんぱい》とやら、あたしの胸《むね》に、大《おお》きな袋《ふくろ》を、ぽんとおしつけた。

「お部屋《へや》に入《はい》ったら、すぐに着《き》がえてね〜。すぐに入学式《にゅうがくしき》がはじまるから〜。」

「は、はい……。あの、でも、お部屋《へや》って、いったいどこなんでしょうか。」

すると、ピーチ先輩《せんぱい》、こんどは、あたしの胸《むね》に、なにか黒《くろ》いものを、ぺたり。

見《み》ると、それはコウモリの形《かたち》をしたワッペン。

「なかに入《はい》れば、わかるわ〜。さ、そこの正門《せいもん》から、入《はい》って〜。」

まっ赤《か》なマニキュアをした指《ゆび》がさしたのは、小《ちい》さな木戸《きど》。

これが、王立魔女学校《おうりつまじょがっこう》の正門《せいもん》？　これじゃ、あたしの村《むら》の納屋《なや》の戸《と》と変《か》わらない……。

あたしは、心《こころ》の中《なか》で首《くび》をかしげながら、木戸《きど》をおした。

ギィー。

うわ、うす暗《ぐら》い……。冷《つめ》たい空気《くうき》はしめってるし、かびくさいし……。と、とにかく、この階段《かいだん》をあがってっと……。

ぎし、ぎし、ぎし……。

ひどい、いまにもこわれそうじゃないの……。

おそるおそる階段《かいだん》をのぼりきると、目《め》の前《まえ》がぱっと開《ひら》けた。

そこは、何本《なんぼん》もの柱《はしら》と、それをアーチでつないだ回廊《かいろう》になっている。そのむこうは、たくさんの植物《しょくぶつ》が植《う》えられた広《ひろ》い中庭《なかにわ》で、まんなかには、でーんと大《おお》きな銅像《どうぞう》がひとつ。かぎ鼻《ばな》で、耳《みみ》がぴんと立《た》って、大《おお》きな口《くち》が耳《みみ》までさけてて、三角帽子《さんかくぼうし》をかぶった、おばあさんの像《ぞう》。この魔女学校《まじょがっこう》になにか関係《かんけい》があるんだろうけど、ものすごくこわい顔《かお》してる……。

それにしても、なんなの、この静《しず》けさ。学校《がっこう》なのに人《ひと》の気配《けはい》がない。鳥《とり》の鳴《な》き声《ごえ》も、風《かぜ》の音《おと》も、聞《き》こえてこない。まるで、死《し》んだように静《しず》まりかえっていて……。

どうしたらいいんだろ。ピーチ先輩《せんぱい》、なかに入《はい》ればわかるっていってたけど、これじゃあ、どこへ行《い》ったらいいのか、ぜんぜんわからない……。

パタパタパタ。

あれ？　鳥《とり》が羽《は》ばたくような音《おと》が。って、胸《むね》につけていたコウモリのワッペンがない！

見《み》ると、コウモリが一羽《わ》、ひらひらと回廊《かいろう》のなかを舞《ま》っていた。そして、回廊《かいろう》にずらりとならんだ木《き》のとびらを、かすめるように、飛《と》んでいく。

やがて、コウモリのワッペンは、とびらのひとつに、ぺたり。

そこへかけよってみると、とびらには、まるい模様《もよう》みたいなものが、彫《ほ》りつけてある。

これ、魔法円《まほうえん》だね。たしか、地獄《じごく》の公爵《こうしゃく》フォカロルの魔法円《まほうえん》……。

となりのとびらを見《み》てみると、そこにも魔法円《まほうえん》が。ただし、きざまれた文字《もじ》も図柄《ずがら》も別《べつ》。こっちは「地獄《じごく》の総統《そうとう》ハアゲンティ」か……。

あ、わかった！　これ、全部《ぜんぶ》、生徒《せいと》の部屋《へや》なんだよ。つまり、あたしのお部屋《へや》は、地獄《じごく》の公爵《こうしゃく》フォカロルってこと。

うーん、ようやく、黒魔女《くろまじょ》の学校《がっこう》に来《き》たって感《かん》じがしてきた！

というわけで、あたしは、フォカロルの魔法円《まほうえん》をコンコンとノック。そして、ノブをつかんで、がばっと開《あ》けると。

「ごきげんよう。」

「ヒャッホー！」

せまい廊下《ろうか》の奥《おく》から、王立魔女学校《おうりつまじょがっこう》の制服《せいふく》を身《み》につけた女《おんな》の子《こ》が二人《ふたり》、入《い》り口《ぐち》に立《た》ちつくすあたしを見《み》つめてる。

ひとりは、見《み》るからに上品《じょうひん》そうな女《おんな》の子《こ》。白《しろ》くて、つるんとしたほっぺといい、顔《かお》の形《かたち》といい、まるでゆで卵《たまご》みたい。クラシックなボブにした栗色《くりいろ》の髪《かみ》は、すそがさりげなく内《うち》巻《ま》きにしてある。制服《せいふく》の胸《むね》には、ユリの花《はな》のブローチをつけていて、セレブ感満載《かんまんさい》。

もうひとりは、その正反対《せいはんたい》。四角《しかく》いお顔《かお》には、にきびがいっぱい。ちりちりの天然《てんねん》パーマの髪《かみ》はからみ放題《ほうだい》。黒《くろ》ブチのまるめがねの奥《おく》では、豆《まめ》みたいな目《め》がせわしなく動《うご》いてる。

「えんりょなさらず、なかにお入《はい》りになったら?」

セレブ少女《しょうじょ》が、顔《かお》をこくっとかたむけて、ほほえんだ。それにさそわれるように、なかに入《はい》ると、お部屋《へや》があらわれた。ベッドが三つ。かべぎわに机《つくえ》とイスが三つ。

それでもう、お部屋《へや》はいっぱい。ひとりが立《た》てるぐらいのスペースしかない。

「あたくし、ティアーといいますの。よろしくお願《ねが》いしますね。」

上品少女《じょうひんしょうじょ》が、栗色《くりいろ》の髪《かみ》をゆらしてほほえむと、そのとなりで、まるめがね少女《しょうじょ》が、にたり。

「あたしは、マガズキン。よろしく!」

「あ、あたしは、桃花《とうか》・ブロッサムです。桃花《とうか》って呼《よ》んでください。」

すると、マガズキンさんが、まるい鼻《はな》をひくひくさせて。

「ねえ、『ですます』でしゃべるの、やめない? 同級生《どうきゅうせい》なんだし、一年間《ねんかん》いっしょに暮《く》

らすルームメイトなんだしさ。『ティアー』に『マガズキン』。それでいいじゃん。」

いや、でも、ティアーさんが……。

「あたしも、そういったんだけどさ、ティアーは黒魔女《くろまじょ》しつけ協会《きょうかい》のグラシュティグ会長《かいちょう》の娘《むすめ》だからさ、セレブな話《はな》しかたが、ぬけないんだって。」

ちょ、ちょっとまって。グラシュティグ会長《かいちょう》といえば、火《ひ》の国《くに》の国王《こくおう》プルトンさまの妹君《いもうとぎみ》でしょ。つまり、ティアーさんは、国王《こくおう》さまの姪御《めいご》さん……。

「どうか、お気《き》になさらないで、ティアーって、呼《よ》んでくださる?」

いやいやいやいやいや! 気《き》にしますって!

「なんだよ、桃花《とうか》。王族《おうぞく》だって、あたしたち貴族《きぞく》とたいしてちがわないんだよ。」

え? あたしたち貴族《きぞく》って? ま、まさか、マガズキンさんも……。

「あたしの父《とう》さん? マガスキー男爵《だんしゃく》だよ。」

だ、男爵《だんしゃく》……。

「なに、おどろいてんだよ。そういう桃花《とうか》はどうなんだよ? 名前《なまえ》からして、都《みやこ》に住《す》む貴《き》族《ぞく》じゃないみたいだけど。どこかの地方《ちほう》の伯爵《はくしゃく》とか?」

あたし、なにもいえなかった。

だって、うちは、火《ひ》の国《くに》の西《にし》のはずれにある、小《ちい》さなバダホス村《むら》っていうところの農《のう》家《か》。それも、ネコのひたいほどのオリーブ畑《ばたけ》と羊《ひつじ》を十頭《とうか》飼っているだけで……。

「桃花《とうか》、どうしたんだよ。急《きゅう》にうつむいちゃったりしてさ。」

マガズキンさんが、ぽかんとしてる。あたしは、荷物《にもつ》をベッドの上《うえ》におくと、ピーチ先《せん》輩《ぱい》から受《う》けとった袋《ふくろ》をかかえた。

「制服《せいふく》に着《き》がえてくるね。えーっと、あ、ここがバスルームね。」

せいいっぱいの作《つく》り笑《わら》いを浮《う》かべながら、バスルームへ飛《と》びこんだ。そして、ぴしゃっとドアを閉《し》めると、明《あ》かりもつけず、麻《あさ》のワンピースを乱暴《らんぼう》にぬぎはじめる。

バスルームは、おそろしくせまくて、手《て》を動《うご》かすたび、ごつごつと音《おと》をたてて、天井《てんじょう》やかべにぶつかる。でも、そんなこと、おかまいなし。

『桃花《とうか》はすごいね！　王立魔女学校《おうりつまじょがっこう》に呼《よ》ばれるなんて！』

お母《かあ》さんが、にこにこしながら、ぬってくれたワンピース。

『桃花《とうか》が、はずかしい思《おも》いをしないようにしてあげたいんだけどね。』

それが、いまは、はずかしくてたまらない。

さっき魔坂《まさか》の砂利《じゃり》が話《はな》していたのは、そういうことだったんだ。

ここは、あたしみたいな、貧乏人《びんぼうにん》の女《おんな》の子《こ》が来《く》るところじゃなかったんだね。推薦入学《すいせんにゅうがく》なんて、ことわればよかったのよ。でも、いまさら、そうもいかないし……。

とにかく、一秒《いちびょう》でも早《はや》く制服《せいふく》に着《き》がえたい。そうすれば、見《み》た目《め》だけはいっしょ……。

ドアのむこうから、ごにょごにょと話《はな》し声《ごえ》が聞《き》こえてくる。ティアーさんがマガズキンさんに、なにかいってるみたい。と思《おも》ったら、ドアをノックする音《おと》が。

「桃花《とうか》。ごめん。」

マガズキンさんの声《こえ》だった。

「あたし、すごい無神経《むしんけい》なこと、いっちゃったみたいだね。ほら、王立魔女学校《おうりつまじょがっこう》って、もともと貴族《きぞく》の娘《むすめ》を黒魔女《くろまじょ》にするための学校《がっこう》としてはじまっただろ。だから、つい……。」

わかってる。あたしみたいな子《こ》は、とってもめずらしいのよね。

「でも、桃花《とうか》。いまはちがうんだよ。いや、たしかに、ほとんどの生徒《せいと》が貴族《きぞく》の娘《むすめ》だよ。でも、みんな没落貴族《ぼつらくきぞく》なんだよ。公爵《こうしゃく》とか伯爵《はくしゃく》とかいっても、貧乏人《びんぼうにん》が多《おお》いんだよ。」

そんな、気休《きやす》めをいわなくてもいいのに……。

それより、なんだろ、このにおい。なまぐさいというか、こげくさいというか……。

「いまはさ、貴族《きぞく》だから金持《かねも》ちって、そんな時代《じだい》じゃないじゃん？　会社《かいしゃ》とか、工場《こうじょう》とかを経営《けいえい》しているやつらのほうが、よっぽどセレブだろ？」

においが、どんどん強《つよ》くなっていく。鼻《はな》が曲《ま》がりそうだし、頭《あたま》もくらくらする……。

「桃花《とうか》、私立《しりつ》ブラックウィッチ学園《がくえん》って知《し》ってる？　それって、そういう新《あたら》しいセレブたちが、お金《かね》を出《だ》しあって作《つく》ったんだよ。王立魔女学校《おうりつまじょがっこう》なんて古《ふる》くさいって、あたしたちにけんか腰《ごし》でさ。でも、実際《じっさい》、むこうの校舎《こうしゃ》は五《いつ》つ星《ぼし》ホテルみたいだし、生徒《せいと》も、ほんもののスーパーお嬢《じょう》さまぞろいなんだ。」

あれ？　どこかで、ぐつぐつ音《おと》がするような。あ、バスタブのなかに、なにかある……。

「つまり、この学校《がっこう》の生徒《せいと》は、みんな、似《に》たりよったりってこと。むしろ桃花《とうか》みたいに、平民《へいみん》の子《こ》だけど、入学《にゅうがく》をゆるされるって、黒魔女《くろまじょ》の才能《さいのう》がすごいってことで……。」

ううっ、なんだか、わからないけど、このにおい、もうたえられない……。

「桃花《とうか》は堂々《どうどう》と胸《むね》をはっていて、いいんだよ。だからさ、たのむから、出《で》てきてよ。」

も、もちろん、ハイソックスをはきおわったら、すぐにでも……。

でも、それ以上《いじょう》、なにも考《かんが》えられなかった。目《め》の前《まえ》が、ぱっと暗《くら》くなって……。

★

「桃花《とうか》さん！　桃花《とうか》さん！」

遠《とお》くで、だれかがあたしを呼《よ》んでる……。

ぱっと、目《め》を開《あ》けると、ティアーさんとマガズキンさんの顔《かお》が。

「ああ、よかったわ。桃花《とうか》さん、意識《いしき》をとりもどされたみたいですわ。」

あれ？　あたし、ベッドの上《うえ》で寝《ね》てる。って、まさか、気《き》を失《うしな》っていたとか？

「ごめん！　あたし、バスルームで『ヘンゼルとグレーテル・スープ』を作《つく》ってたの、わすれてたんだよ！」

体《からだ》を起《お》こしたあたしに、マガズキンさんが、小《ちい》さな土鍋《どなべ》のようなものを見《み》せた。

鍋《なべ》は、ぐつぐつと音《おと》をたててる。ふたに開《あ》いた小《ちい》さな穴《あな》からは、白《しろ》い湯気《ゆげ》が細《ほそ》くあがってる。そのにおいのくさいことといったら……。

「コガネムシとダンゴムシを、くさったネズミの肉《にく》といっしょに煮《に》こんでるんだ。」

な、なにそれ？　コガネムシとダンゴムシはおいしそうだけど、くさったネズミの肉《にく》なんて入《い》れたら、食《た》べられないじゃないの。

「ちがうって。これは食《た》べ物《もの》じゃなくて、なんていうか、取材《しゅざい》みたいなものなんだ。」

取材《しゅざい》？　あの、話《はなし》がぜんぜんみえないんだけど。

「あたしさ、新《あたら》しい魔界童話《まかいどうわ》を書《か》いてるところなの。タイトルは『ヘンゼルとグレーテルをおいしく食《た》べよう』。」

マガズキンは、急《きゅう》に胸《むね》をはると、ひとりで語《かた》りだした。

「人間界《にんげんかい》のグリム童話《どうわ》に『ヘンゼルとグレーテル』っていう話《はなし》があるだろ？　偉大《いだい》なる魔《ま》女《じょ》が、ヘンゼルとグレーテルっていう、二人《ふたり》の子《こ》どもを食《た》べようとしたら、反対《はんたい》に、かまどのなかに放《ほう》りこまれちゃうっていう、残酷《ざんこく》ホラー話《ばなし》。でも、あたしたち黒魔女《くろまじょ》としては、そんな話《はなし》、みとめられないじゃん？　人間《にんげん》の子《こ》どもなんて、ぐつぐつ煮《に》こんで、食《た》べちゃえばいいんでさ。ただ、そのときに決《き》め手《て》となるのが、スープだろ？」

だろって、いわれても。あたしにはなにがなんだか、さっぱり……。

「創作《そうさく》でいちばん大切《たいせつ》なのは、リアリティなんだよ。つまり、文字《もじ》だけで、ほんとうらしく伝《つた》えるってこと。だから、実際《じっさい》に『ヘンゼルとグレーテル・スープ』を作《つく》って、色《いろ》とか、香《かお》りとか、ぐつぐつ煮《に》えたぎるようすとか、ほんとうらしく書《か》こうと思《おも》ったわけ。」

「あのね、桃花《とうか》さん。マガズキンさんは将来《しょうらい》、作家《さっか》をめざしているの。」

え？

「桃花《とうか》さんがおみえになるまえに、いくつか原稿《げんこう》を読《よ》ませていただいたけれど、それはもう、すばらしい才能《さいのう》の持《も》ち主《ぬし》よ。あたくし、だんぜん応援《おうえん》するわ！」

いや、でも、ここは黒魔女《くろまじょ》インストラクターになるための場所《ばしょ》で……。

「パパとママが、どうしても入学《にゅうがく》しろって、うるさいんだよ。男爵家《だんしゃくけ》としてかっこがつかないとかってさ。でもね、あたしは、ぜったい作家《さっか》になる！」

「あたくしは、ファッション魔《ま》デルをめざしてるんですの！　お母《かあ》さまは、黒魔女界《くろまじょかい》のトップにいらっしゃるけれど、あたくしには、そんな才能《さいのう》はありませんもの。あたくしがいっとうなりたいのは、魔《ま》デルですわ！」

ちょ、ちょっとまって。ここは、黒魔女《くろまじょ》を養成《ようせい》するところでしょ。それなのに、ほんとうは作家《さっか》や魔《ま》デルになりたいんだなんて……。

「マガズキンもティアーも、自分《じぶん》がなにをいってるか、わかってるの？」

そのとたん、二人《ふたり》が、ぱっと顔《かお》を輝《かがや》かせた。

「桃花《とうか》！　その調子《ちょうし》！」

え？

「呼《よ》びすて！　これなら、あたしたち、ほんとうのルームメイトになれる！」

「ええ、桃花《とうか》さんとは、金蘭《きんらん》の友《とも》になれそうですわね！」

もう、意味不明《いみふめい》……。

ああ、魔女学校《まじょがっこう》にいだいていたイメージが、がらがらと音《おと》をたてて、くずれていく
……。

2　入学式《にゅうがくしき》

「校歌斉唱《こうかせいしょう》！」

うす暗《ぐら》い教室《きょうしつ》に、低《ひく》く、ドスのきいた声《こえ》が、響《ひび》きわたると、あたしのまわりの女《おんな》の子《こ》たちが、いっせいに歌《うた》いはじめた。

「♪暗闇《くらやみ》の魔女界《まじょかい》に　妖《あや》しく光《ひか》る黒《くろ》い星《ほし》　薄紫《うすむらさき》の花咲《はなさ》きほこり　古城《こじょう》の学舎《まなびや》とりかこむ」

おずおずとした歌声《うたごえ》が、アーチの波《なみ》うつ低《ひく》い天井《てんじょう》にこだまする。

「♪髑髏《どくろ》の蠟燭《ろうそく》　鬼火《おにび》で光《ひか》り　魔女《まじょ》の心得《こころえ》　照《て》らしだす」

でも、あたしは歌《うた》えず。だって、歌詞《かし》知らないんだもの……。

「♪熱《あつ》いハート（ハート！）　信《しん》じる心《こころ》（ビリーブ！）」

ど、どうしよう。一学年《がくねん》十五人《にん》しかいないから、あたしが歌《うた》えないの、ばれちゃうよ。

「♪不正《ふせい》を見《み》ぬふり（絶対《ぜったい》しない！）　友《とも》をうらぎる（ありえない！）」

とりあえず、みんなのあとについて、口《くち》パクで……。

「♪ああ　王立《おうりつ》魔女学校《まじょがっこう》　ルキウゲ・ルキウゲ・ロフォカーレ！」

「桃花《とうか》・ブロッサム！　歌詞《かし》の予習《よしゅう》ぐらい、入学《にゅうがく》まえにしてこい！」

わっ！　ば、ばれてたんだ……。

「口《くち》パクの罰《ばつ》として、校訓《こうくん》を千回《かいか》書いて提出《ていしゅつ》！」

「……す、すいません。」

首《くび》をすくめるあたしを、新入生《しんにゅうせい》たちが、チラ見《み》してる。

はずかしい……。入学式《にゅうがくしき》で、いきなりしかられるなんて、最悪《さいあく》……。

それにしても、この先生《せんせい》、こわすぎる。モデルみたいな美人《びじん》なのに、切《き》れ長《なが》の目《め》つきは針《はり》みたいにするどいし、声《こえ》はがらがらだし。服装《ふくそう》だって、細《ほそ》い体《からだ》にぴったりフィットした、黒革《くろかわ》ジャケットと黒革《くろかわ》パンツという、ワイルドなかっこう。流《なが》れおちる黒《くろ》い滝《たき》のようなストレートの髪《かみ》といい、まるで細《ほそ》いナイフが歩《ある》いているみたいで。

魔女学校《まじょがっこう》の先生《せんせい》って、みんな、こんなのかな……。

「では次《つぎ》に、教師《きょうし》の紹介《しょうかい》をおこなう！　まず、わたしは、濡烏《ソーククロウ》！」

黒革《くろかわ》ジャケットの先生《せんせい》が、教壇《きょうだん》のまんなかに立《た》つと、あたしたちをぎろり。

「一年生《ねんせい》の授業《じゅぎょう》では『黒魔法基礎《くろまほうきそ》』を担当《たんとう》する。また、寄宿舎《きしゅくしゃ》の舎監《しゃかん》として、おまえたちの生活指導《せいかつしどう》もおこなう。きまりを破《やぶ》った者《もの》には、容赦《ようしゃ》なく罰《ばつ》をあたえるので、そのつもりで。」

こ、こわ……。あたしのまわりでも、みんな、息《いき》をのんでる。

「つづいて、エクソノーム先生《せんせい》。」

濡烏先生《ソークロウせんせい》が、一歩横《ぽよこ》に動《うご》くと、うしろから、大《おお》きな黒《くろ》い影《かげ》がのそり。

がっちりした体《からだ》に黒《くろ》マントをつけてる。しかも、その頭《あたま》は牛《うし》そのもの。左右《さゆう》からヤギみたいな角《つの》が生《は》えてるし、耳《みみ》はとがってるし、ぎょろ目《め》は血走《ちばし》っているし、長《なが》い鼻《はな》は曲《ま》がってるし、さらに巨大《きょだい》な前歯《まえば》が二本《ほん》、にゅっとつきでてる。この先生《せんせい》、魔神《まじん》？

「あの方《かた》、じつは、死《し》の国《くに》の第《だい》二王子《おうじ》でいらっしゃるのよ。」

となりにすわっていたティアーが、あたしの耳《みみ》にささやいた。

「あたくし、王宮《おうきゅう》で一度《ど》、お目《め》にかかったことがあるの。なんでも、お父《とう》さまの国王陛下《こくおうへいか》やお兄《にい》さまの第《だい》一王子《おうじ》と仲《なか》がお悪《わる》くて、火《ひ》の国《くに》へ家出《いえで》してらしたって、うわさ……。」

「ティアー！」

濡烏先生《ソークロウせんせい》のどなり声《ごえ》が飛《と》んできた。

「私語《しご》は禁止《きんし》といっただろう！　罰《ばつ》として、校訓《こうくん》を千回書《かいか》いて、提出《ていしゅつ》！」

「も、もうしわけありません……。」

ティアーったら、半分涙目《はんぶんなみだめ》になってる。ああ、なんてこと。同《おな》じお部屋《へや》で、早《はや》くも二人《ふたり》が罰《ばつ》を受《う》けるとは……。

ぴんと張《は》りつめた教室《きょうしつ》を、エクソノーム先生《せんせい》は、血走《ちばし》ったぎょろ目《め》で見《み》まわした。

「わたしの担当《たんとう》は、三年生《ねんせい》の卒業実習《そつぎょうじっしゅう》として、人間《にんげん》に取《と》り憑《つ》く方法《ほうほう》である。諸君《しょくん》らを直接《ちょくせつ》教《おし》えることはないが、校内《こうない》で会《あ》ったときは、きちんとあいさつをしてほしい。」

みんな、緊張《きんちょう》した顔《かお》のまま、こくり。

それから、さらに、二人《ふたり》の先生《せんせい》が紹介《しょうかい》された。

ひとりは『悪霊降霊術《あくりょうこうれいじゅつ》』が担当《たんとう》のブラヴァツキー夫人《ふじん》。枯《か》れ枝《えだ》みたいなおばあさんで、しわしわの顔《かお》を、ちりちりの髪《かみ》でおおった、怪《あや》しいふんいきがぷんぷん。

で、もうひとりは、『魔界薬草学《まかいやくそうがく》』のヒルデガルト先生《せんせい》。こちらは、反対《はんたい》に若《わか》い女《おんな》の先《せん》生《せい》。すらりとした体《からだ》を、足《あし》もとがかくれるほどの長《なが》い黒《くろ》のワンピースにつつんで、黒《くろ》いベールをかぶってる。ベールのあいだからは、ぱっちりとした目《め》と、黄金色《こがねいろ》の瞳《ひとみ》、鼻《はな》すじの通《とお》った、見《み》るからにやさしい顔《かお》がのぞいてる。

ひとりでも、こういう先生《せんせい》がいると、ほっとする……。

「ほかに、魔法図書館《まほうとしょかん》の司書《ししょ》、部谷野純子氏《へやのすみこし》と、校長秘書兼学校事務担当《こうちょうひしょけんがっこうじむたんとう》のジェニファー先生《せんせい》がいらっしゃるので、各自《かくじ》、校内《こうない》でお会《あ》いしたときには、あいさつをわすれないように。」

濡烏先生《ソークフロウせんせい》が、ふたたび教壇《きょうだん》のまんなかに立《た》った。

「最後《さいご》に、メリュジーヌ校長《こうちょう》から、お話《はなし》がある！」

濡烏先生《ソークフロウせんせい》、さっとしりぞくと、深々《ふかぶか》とおじぎ。そこへ、煙《けむり》のようにあらわれたのは、ひとりのおばあさん。白《しろ》いハイネックのブラウスに、茶色《ちゃいろ》のロングスカート。金髪《きんぱつ》をひっつめにして、細《ほそ》い顔《かお》にはチェーンのついた銀《ぎん》ブチめがねをかけてて。

「王立魔女学校校長《おうりつまじょがっこうこうちょう》のメリュジーヌです。入学《にゅうがく》おめでとう。」

低《ひく》い声《こえ》には、お祝《いわ》いをしてくれているような響《ひび》きはなく。うでぐみはしてるし、めがね

の奥《おく》の目《め》は緑色《みどりいろ》にぎらぎら光《ひか》ってるし、濡鳥先生《ソークロウせんせい》とは、またちがった、こわさ……。

「このなかには、なぜ推薦入学許可書《すいせんにゅうがくきょかしょ》がとどいたか、ふしぎに思《おも》っている者《もの》もいるだろうね。けれど、それは、火《ひ》の国《くに》の少女《しょうじょ》のなかでも、おまえたちには、とくに黒魔女《くろまじょ》の高《たか》い素《そ》質《しつ》があると、わたしがみとめたからだよ。わたしは、火《ひ》の国《くに》じゅうの少女《しょうじょ》たちに、つねに目《め》をくばっている。だから、わたしの目《め》に狂《くる》いはない。」

国《くに》じゅうに目《め》をくばる？　そんなこと、どうやってできるんだろう？　あたしの村《むら》なんか、都《みやこ》から遠《とお》くはなれてるのに、どうして、あたしに黒魔女《くろまじょ》の素質《そしつ》があるって、わかったのかな？

まあ、そんな魔力《まりょく》があるからこそ、校長先生《こうちょうせんせい》なんだろうけど、でも、ふしぎ……。

「よって、おまえたちは、自分《じぶん》に自信《じしん》を持《も》ってもいいだろう。ただし、素質《そしつ》だけで、インストラクター黒魔女《くろまじょ》になれるわけではないよ。血《ち》のにじむような努力《どりょく》と、なにより、りっぱなインストラクター黒魔女《くろまじょ》になりたいという『強《つよ》い気持《きも》ち』がなければ、きびしい授業《じゅぎょう》にたえることすら、できないだろう。」

メリュジーヌ先生《せんせい》は、刺《さ》すような目《め》つきで、新入生《しんにゅうせい》ひとりひとりの顔《かお》を見《み》つめていく。

「いいかい？　そのためには、おたがいをはげましあうこと。といって、ここにいる十五人《にん》が、ただ、なかよしになればいいということじゃない。この十五人《にん》は、三年間《ねんかん》のつらい訓練《くんれん》をのりきるための戦友《せんゆう》。ただの友《とも》だち以上《いじょう》の強《つよ》い絆《きずな》を持《も》たなければいけない。」

教室《きょうしつ》を見《み》まわす先生《せんせい》の目《め》が、ぴたりととまった。

「ミラベル。」

あたしのななめ前《まえ》にすわっていた子《こ》が、ぴくっと体《からだ》をふるわせると、立《た》ちあがった。

「はい……。」

「王立魔女学校《おうりつまじょがっこう》の校訓《こうくん》をいってごらん。」

「は、はい……。えーっと、ひとつ、不正《ふせい》を見《み》て見《み》ぬふりするなかれ……。」

「声《こえ》が小《ち》さいよ！」

わっ、メリュジーヌ先生《せんせい》が、どなった！

「ひとつ！　不正《ふせい》を見《み》て見《み》ぬふりするなかれ！　ひとつ！　友《とも》をうらぎるなかれ！　ひとつ！　誇《ほこ》りを失《うしな》うことなかれ！」

ミラベルっていう子《こ》、体《からだ》をふるわせながら、声《こえ》のかぎりにさけんでる。

「よろしい。おすわり。」

メリュジーヌ先生《せんせい》は、また、緑色《みどりいろ》の目《め》で、あたしたちを見《み》まわした。

「この校訓《こうくん》は、ほんものの友人《ゆうじん》として、するべきことを教《おし》えている。だれかが正《ただ》しくないことをしたとき、ほんものの友人《ゆうじん》は、それを見《み》のがさず、きびしく注意《ちゅうい》をする。だれかが正《ただ》しくないことに立《た》ちむかおうとしているとき、ほんものの友人《ゆうじん》は、けっして見《み》すてたりせず、ともに全力《ぜんりょく》で戦《たたか》う。それがどんなにつらくとも、王立魔女学校《おうりつまじょがっこう》の一員《いちいん》であるという誇《ほこ》りを持《も》っていれば、たえられる。校訓《こうくん》の意味《いみ》は、そういうことなんだよ。わかったかい！」

石造《いしづく》りのかべをふるわすような大声《おおごえ》に、あたしたちは、すくみあがった。

「返事《へんじ》は！」

「はいっ！」

「では、それを実行《じっこう》してもらおうか。授業《じゅぎょう》も、寄宿舎《きしゅくしゃ》の生活《せいかつ》も、自分《じぶん》にきびしく、友《とも》にもきびしく、真剣《しんけん》に学《まな》び、確実《かくじつ》に成果《せいか》を出《だ》すこと。」

そっけなくいうと、メリュジーヌ先生《せんせい》は、くるりと背《せ》をむけて、教室《きょうしつ》を出《で》ていった。

うわあ、なんか、めちゃめちゃ不安《ふあん》になってきた。だって、魔女学校《まじょがっこう》が、こんなにきびしいところだなんて、想像《そうぞう》もしてなかったもの……。

「それでは、最後《さいご》に、諸君《しょくん》らの生活《せいかつ》を監視《かんし》する生活監督官《せいかつかんとくかん》から、話《はなし》がある。」

濡烏先生《ソークロウせんせい》の声《こえ》といれかわりに、おそろしく背《せ》の高《たか》い人《ひと》が入《はい》ってきた。

でも、制服《せいふく》を着《き》てる。ってことは、先生《せんせい》じゃなくて、生徒《せいと》……。

「二年《ねん》のエレオノーラです。これから一年間《ねんかん》、生活監督官《せいかつかんとくかん》として、あなたたちの寄宿舎生《きしゅくしゃせい》活《かつ》に目《め》を光《ひか》らせるので、よろしく。」

これで二年生《ねんせい》？　たった一歳《さい》しかちがわないのに、とっても大人《おとな》っぽい。

それに、なんだか、男子《だんし》みたい。お顔《かお》は、絵《え》に描《か》いたような美人《びじん》だけど、黒髪《くろかみ》を短《みじか》く刈《か》りこんでいるし、トビ色《いろ》の瞳《ひとみ》はするどく輝《かがや》いてるし、低《ひく》い声《こえ》といい、もう迫力満点《はくりょくまんてん》で。

「寄宿舎《きしゅくしゃ》での規則《きそく》については、すでに入学《にゅうがく》まえに配《くば》ったプリントで、知《し》っていると思《おも》いますが、あらためて、確認《かくにん》してもらいます。」

エレオノーラ先輩《せんぱい》、そういうと、左《ひだり》の手《て》のひらを上《うえ》にむけた。で、そこに息《いき》をふきかけるようにしながら。

「ルキウゲ・ルキウゲ・ドクメンターレ！」

呪文《じゅもん》を唱《とな》えたとたん。手《て》のひらから、何枚《なんまい》もの茶色《ちゃいろ》い紙《かみ》が、ぱあっと舞《ま》いあがった。まるで、木枯《こが》らしにふかれた枯《か》れ葉《は》みたい！

「それぞれ、一枚《まい》ずつ、取《と》ってください。」

先輩《せんぱい》にいわれるまでもなく、茶色《ちゃいろ》の紙《かみ》はあたしたち新入生《しんにゅうせい》ひとりひとりの机《つくえ》の前《まえ》に、舞《ま》いおりてくる。見《み》てみると、寄宿舎《きしゅくしゃ》の規則《きそく》が、ずらりと書《か》かれていて。

す、すごい。こんな黒魔法《くろまほう》、あたしの小学校《しょうがっこう》や中学校《ちゅうがっこう》の先生《せんせい》だって、使《つか》わなかった。それを、魔女学校《まじょがっこう》では二年生《ねんせい》の生徒《せいと》が使《つか》えるなんて……。

「では、ひとつひとつ読《よ》んでいきましょう。一、他人《たにん》の部屋《へや》にはけっして入《はい》ってはならない。二、部屋《へや》の整理整頓《せいりせいとん》をつねに心《こころ》がける。三、家族《かぞく》への手紙《てがみ》は、年《ねん》に四回《かい》。本校支給《ほんこうしきゅう》のびんせんと封筒《ふうとう》を使《つか》うこと。四、勉強《べんきょう》に不要《ふよう》なものを部屋《へや》に持《も》ちこんではならない。」

先輩《せんぱい》の声《こえ》に合《あ》わせて、あたしたちは、紙《かみ》に書《か》かれた規則《きそく》を追《お》っていく。それにしても、きびしいなぁ。家族《かぞく》への手紙《てがみ》まで制限《せいげん》されるなんて。入学許可書《にゅうがくきょかしょ》に入《はい》っていた注意書《ちゅういが》きには、「これは、ホームシックになって、勉強《べんきょう》のじゃまにならないための規則《きそく》です。」と、書《か》いてあったけど。

「五、制服《せいふく》の形《かたち》を変《か》えたり、よけいなアクセサリーをつけることは禁止《きんし》。六、部屋《へや》のなかで、火《ひ》を使《つか》った料理《りょうり》をすることをかたく禁《きん》ずる……。」

とつぜん、先輩《せんぱい》の声《こえ》がとぎれた。

「この規則《きそく》をさっそく破《やぶ》った者《もの》がいます。」

はっと顔《かお》をあげると、先輩《せんぱい》のトビ色《いろ》の瞳《ひとみ》が、こっちを見《み》てる。

「マガズキン、あなたです。」

「え？」

ティアーのとなりで、マガズキンが、ぽかんとしてる。

「入学式《にゅうがくしき》がはじまったあと、各部屋《かくへや》の見《み》まわりをしました。すると、『フォカロル』からひどいにおいがするので、さっそく立《た》ち入《い》り検査《けんさ》をしてみると、バスルームで、気味《きみ》の悪《わる》いスープのようなものが、ぐつぐつ。あれは、マガズキン、あなたのしわざね。」

うわっ、マガズキンったら、『ヘンゼルとグレーテル・スープ』を、そのままにしてきたんだ！　これはたいへんよ。りっぱな規則違反《きそくいはん》だもの……。

「で、でも、あれは料理《りょうり》じゃなくて、執筆《しっぴつ》のための取材《しゅざい》で……。」

マガズキン、もごもごするばかり……。

「『火《ひ》を使《つか》った』ことにはちがいないでしょ。これは……。」

エレオノーラ先輩《せんぱい》、濡烏先生《ソークロウせんせい》をふりかえって。

「校訓《こうくん》を千回書《かいか》いて提出《ていしゅつ》の罰《ばつ》で、いいですね。」

「もちろん！　軽《かる》いぐらいだ！」

流《なが》れるような黒髪《くろかみ》をゆらして、濡烏先生《ソークロウせんせい》、にんまりしてる。

ああ、なんてこと。まだ入学式《にゅうがくしき》も終《お》わっていないのに。あたしたちの部屋《へや》、三人《にん》そろって、校訓《こうくん》千回《かい》の罰《ばつ》だなんて……。

がっくりするあたしたちをよそに、エレオノーラ先輩《せんぱい》は、教室《きょうしつ》を見《み》まわした。

「さて、新入生《しんにゅうせい》のみなさん。こういうことが起《お》こらないようにするためにも、魔女学校《まじょがっこう》では、各部屋《かくへや》に責任者《せきにんしゃ》をおいて、その人《ひと》を中心《ちゅうしん》に、注意《ちゅうい》をすることになっています。これから、部屋《へや》ごとに名前《なまえ》を呼《よ》びますから、呼《よ》ばれたら立《た》ってください。」

先輩《せんぱい》は、そういうと、紙《かみ》を一枚《まい》、とりだした。

「『ゼパル』の部屋《へや》はエルマ、『ベリアル』の部屋《へや》はボジェナ、『アモン』の部屋《へや》はビルト……。」

え、責任者《せきにんしゃ》って、学校《がっこう》が勝手《かって》に決《き》めるの？　部屋《へや》ごとに話《はな》し合《あ》い、じゃなくて？

「『ハアゲンティ』はアデル、そして、『フォカロル』の桃花《とうか》・ブロッサム。」

え？　あ、あたし？

「桃花《とうか》・ブロッサム。呼《よ》ばれたら、立《た》ってくださいといったはずですが。」

あ、エレオノーラ先輩《せんぱい》が、こっちをにらんでる。

「……す、すいません。」

「ほんとうなら、これも、先輩《せんぱい》の指示《しじ》にしたがわなかったということで、りっぱな規則違《きそくい》反《はん》なんですよ。でも、あなたはすでに罰《ばつ》を受《う》けているから、見《み》のがしてあげますけど。」

「よかったな、桃花《とうか》。やさしい先輩《せんぱい》で、くくくっ。」

濡烏先生《ソークロウせんせい》、生徒《せいと》の失敗《しっぱい》を笑《わら》うなんて、ひどい……。

「くりかえしますが、いま立《た》っている五人《にん》は、責任者《せきにんしゃ》として、同室《どうしつ》の生徒《せいと》が規則違反《きそくいはん》をしないよう、つねに気《き》をくばること。それから……。」

「ま、まだ、あるの？

「毎日《まいにち》、夜練終了後《よるれんしゅうりょうご》、部屋《へや》ごとの規則違反《きそくいはん》の数《かず》や授業態度《じゅぎょうたいど》、生活態度《せいかつたいど》などをもとに、わたしが『最低《さいてい》の部屋《へや》』を決《き》めます。次《つぎ》のサバトまでに、この烙印《らくいん》をおされた回数《かいすう》がいちばん多《おお》い責任者《せきにんしゃ》は、サバトの日《ひ》の外出許可《がいしゅつきょか》が取《と》り消《け》しになるので、がんばってください。」

そんな……。部屋全体《へやぜんたい》の罰《ばつ》を、責任者《せきにんしゃ》だけが受《う》けるなんて……。

「あたりまえでしょう？　部屋全体《へやぜんたい》の責任《せきにん》をとるから『責任者《せきにんしゃ》』なんです。」

エレオノーラ先輩《せんぱい》がぴしゃりというと、濡烏先生《ソークロウせんせい》が、わっと笑《わら》いだした。

「さっそく、今日《きょう》の『最低《さいてい》の部屋《へや》』は『フォカロル』に決定《けってい》だな。三人《にん》そろって、校訓千回《こうくんかい》の罰《ばつ》を受《う》けたんだから、文句《もんく》なしだ！　ワハハハハ！」

なんなの、これ？　もう、最悪《さいあく》のスタートだよ……。

3　桃花《とうか》は劣等生《れっとうせい》？

「では、みなさん、お庭《にわ》のなかに入《はい》ってみましょう。」

ヒルデガルト先生《せんせい》が、中庭《なかにわ》に足《あし》をふみいれた。あたしたち一年生《ねんせい》も、あとにつづく。

「六月《がつ》も半《なか》ばになると、どの魔草《マーブ》も、葉《は》が青々《あおあお》として、きれいですね。」

たしかに。緑《みどり》のあふれるお庭《にわ》に、先生《せんせい》の黒《くろ》いベールもよく映《は》えてるし。

それにしても、もう六月《がつ》か。この一か月半《げつはん》、ほんとにたいへんだったなぁ。勉強《べんきょう》もだけれど、それ以上《いじょう》にたいへんなのが、『最低《さいてい》の部屋《へや》』ってやつ……。

「先生《せんせい》！　これ、マンドラゴラだろ？　別名《べつめい》『恋《こい》ナス』っていうんだよな！」
マ、マガズキン。先生《せんせい》に話《はな》しかけるときは、『ですます』を使《つか》って！　そんな授業態度《じゅぎょうたいど》じゃ、今日《きょう》もまた、あたしたちのお部屋《へや》が、『最低《さいてい》の部屋《へや》』にされちゃう……。
「まあ、マガズキンさん、よくご存《ぞん》じね。」

「うん、魔界昔話《まかいむかしばなし》のネタに使《つか》ったことあるから！」

ああ、よかった。先生《せんせい》、怒《おこ》ってない。まあ、ヒルデガルト先生《せんせい》は、この学校《がっこう》でただひとり、心《こころ》やさしい先生《せんせい》だからよかったけど、ほかの先生《せんせい》だったら、こうはいかない。

実際《じっさい》、入学《にゅうがく》して一か月《げつ》、四月《がつ》三十日《にち》に開《ひら》かれる、最初《さいしょ》のサバト「ベルテイン」までに、あたしたち『フォカロル』の部屋《へや》が『最低《さいてい》の部屋《へや》』にされること、なんと十三回《かい》！　もちろん、だんとつの一位《い》！

その十三回《かい》のうち、八回《かい》がマガズキンの授業態度《じゅぎょうたいど》、五回《かい》がティアーの生活態度《せいかつたいど》の悪《わる》さが原因《げんいん》だったんだよ。

なにしろ、マガズキンときたら、先生《せんせい》への言葉《ことば》づかいが乱暴《らんぼう》だし、先生《せんせい》の授業《じゅぎょう》に平気《へいき》で口《くち》をはさんだかと思《おも》えば、いねむりをしたり、さらには魔界昔話《まかいむかしばなし》とやらを「内職《ないしょく》」したり。

ティアーはといえば、王族《おうぞく》や高級貴族《こうきゅうきぞく》しか飲《の》めないスーパー高級茶《こうきゅうちゃ》「干《ほ》しナメクジティー」をお部屋《へや》でわかしたり、おじさま（つまり国王《こくおう》さま！）から誕生日《たんじょうび》にもらったというブローチを制服《せいふく》につけたりと、スーパーお嬢《じょう》さまぶりが炸裂《さくれつ》。で、これが「勉強《べんきょう》に不《ふ》要《よう》なものを身《み》につけてはいけない」という規則《きそく》への違反《いはん》とされちゃって。

そんなわけで、はじめての外出許可日《がいしゅつきょかび》のベルテインのサバトの日《ひ》に、あたしは外出禁止《がいしゅつきんし》になっちゃったのよ。あのときは、かなしかったなぁ。だって、ベルテインは、あたしの誕生日《たんじょうび》。よりによって、そんな日《ひ》に、不名誉《ふめいよ》な罰《ばつ》を受《う》けたんだもの。

「……あたしさ、人間界《にんげんかい》の『シンデレラ』っていう話《はなし》をもとに、『シンジラレン』っていうの、書《か》いたんだよ。どういう話《はなし》かっていうとさ。」

ああ、マガズキン、お願《ねが》いだから、しずかにして。あと十日《とおか》で、六月二十二日《がつにち》。夏至《げし》のサバト「リーザ」。こんどこそ『最低《さいてい》の部屋《へや》』の烙印《らくいん》はおされたくないの……。

「シンデレラのいじわるなおねえさんたちが、舞踏会《ぶとうかい》に出《で》かけるわけ。そこに王子《おうじ》さまがいて、シンデレラを見《み》そめちゃうっていうのが、もともとのストーリーなんだけど、あたしの作品《さくひん》では、いじわるねえさんは、ひそかにマンドラゴラの根《ね》を持《も》っていくわけ。」

あ、ヒルデガルト先生《せんせい》がまゆをひそめてる。まずい、心《こころ》おだやかな先生《せんせい》も、さすがに、怒《おこ》りだしそう……。

「……でさ、王子《おうじ》さまが、シンデレラを見《み》て恋《こい》に落《お》ちそうになった瞬間《しゅんかん》、その口《くち》にマンドラゴラをぽいっと入《い》れちゃうの。そうしたら、たちまち、王子《おうじ》さまは、いじわるねえさんに恋《こい》しちゃって。で、もう少《すこ》しのところで、王子《おうじ》さまの愛《あい》を受《う》けそこねたシンデレラがいうんだ。『シンジラレン〜！』」

「マガズキンさん、おしゃべりはそのへんにしましょう。これ以上《いじょう》は、授業《じゅぎょう》のさまたげとして、生活監督官《せいかつかんとくかん》に報告《ほうこく》しますよ。」

ああ、よかったよ……。いまのところ『最低《さいてい》の部屋《へや》』の回数《かいすう》は、ビルトが責任者《せきにんしゃ》の『アモン』がトップ。でも、二位《い》のあたしたちとは、たったの二回《かい》の差《さ》しかない。とにかく、リーザのサバトまでは、なんとかがんばらなくちゃ……。

「さて、みなさん。このまるくて黄色《きいろ》い花《はな》は……。」

「あ、それ！」

うわっ、こんどは、ティアー！　お願《ねが》いだから、授業《じゅぎょう》のじゃまはしないで……。

「フキタンポポではありませんこと？　せき止《ど》めになると聞《き》きましたわ。」

「ティアーさん、すばらしい！」

え？　ヒルデガルト先生《せんせい》、顔《かお》を輝《かがや》かせてる。

「えらいわ、ちゃんと予習《よしゅう》をしてきたのね。」

「いいえ、先生《せんせい》。あたくしのお屋敷《やしき》にも、これが生《は》えているんですの。使用人《しようにん》の魔物《まもの》たちが、これをせき止《ど》めの薬《くすり》にしていたのを、子《こ》どものころから、見《み》てきたんです。」

使用人《しようにん》の魔物《まもの》!?　うーん、さすがは黒魔女《くろまじょ》しつけ協会会長《きょうかいかいちょう》のご令嬢《れいじょう》はちがうよ……。

ところが、まるではりあうように、ひとりの女《おんな》の子《こ》が、声《こえ》をあげた。

「先生《せんせい》、あの、つりがね形《がた》のかわいいお花《はな》は、カウスリップですね。」

あの子《こ》は、地獄《じごく》の王《おう》『ベリアル』のシジルのついたお部屋《へや》の、アレンカ……。

「気持《きも》ちが落《お》ちこんだとき、カウスリップの花束《はなたば》を、心臓《しんぞう》の上《うえ》におくと、晴《は》ればれとした気分《きぶん》になるって、ばあやが教《おし》えてくれました。」

それをきっかけに、みんなが競《きそ》うように、話《はな》しはじめて。

「あの紫《むらさき》のリラ色《いろ》をした花《はな》は、バーベインです。わたしが扁桃腺《へんとうせん》をはらしたとき、メイド頭《がしら》が、煮《に》こんだバーベインを麻布《あさぬの》に巻《ま》いた湿布薬《しっぷやく》を作《つく》って、のどにあててくれました。」

「あっちの草《くさ》は、ディルですよね。鼻《はな》づまりや鼻風邪《はなかぜ》に効《き》くんです。うちの執事《しつじ》は、熱《ねっ》したレンガの上《うえ》にディルをのせて、その蒸気《じょうき》を吸《す》いこんでました。」

「ディルには魔法除《まほうよ》けの力《ちから》もあるのよ。うちのパパ、ほかの貴族《きぞく》からねたまれることが多《おお》いんだけど、ディルの強《つよ》い香《かお》りが呪《のろ》いをはらいのけるからって、うちの専属呪術師《せんぞくじゅじゅつし》がパパのお洋服《ようふく》に、香《かお》りをたきしめていたわ。」

「みなさん、ほんとによくご存《ぞん》じだこと。」

ヒルデガルト先生《せんせい》が、感心《かんしん》したようにうなずいた。

「そうです、人間《にんげん》たちのあいだでは『薬草《ハーブ》は神《かみ》の薬箱《くすりばこ》』というそうですが、魔界《まかい》でも『魔草《マーブ》は悪魔《あくま》の薬箱《くすりばこ》』といって、伝統《でんとう》ある貴族《きぞく》の家《いえ》では、昔《むかし》から魔草《マーブ》が使《つか》われてきました。」

先生《せんせい》にほめられて、みんな、満足《まんぞく》そうに顔《かお》を見《み》あわせてる。

あたし以外《いがい》……。

そうか、没落貴族《ぼつらくきぞく》とはいえ、みんな由緒《ゆいしょ》ある家柄《いえがら》の出身《しゅっしん》だから、いろんなことを知《し》ってるんだね。それにひきかえ、あたしの家《いえ》は、貧《まず》しい農家《のうか》。ばあやもメイドも執事《しつじ》も、いない。いるのは羊《ひつじ》ぐらい……。

「それでは、今日《きょう》は、移動魔法薬《いどうまほうやく》の作《つく》りかたを教《おし》えましょう。使《つか》うのは、あのブラックエルダーの木《き》です。」

先生《せんせい》は、黒《くろ》いワンピースをひるがえしながら、魔女《まじょ》の銅像《どうぞう》のうらへ。みんなもはずむような足《あし》どりで、あとをついていく。

「まず、木《き》の皮《かわ》をはがし、それをひと晩《ばん》、ぐつぐつと煮《に》るのです。それから……。」

みんなは興味《きょうみ》しんしんで、先生《せんせい》の説明《せつめい》を聞《き》いてる。あのマガズキンでさえ、黒《くろ》ブチまるめがねを、ひくひくさせながら、じっと耳《みみ》をかたむけていて。

「……この移動魔法薬《いどうまほうやく》は、魔《ま》よけをかけられたりして、瞬間移動魔法《しゅんかんいどうまほう》が使《つか》えないとき、とても役《やく》に立《た》つんですよ。」

でも、あたしは、すっかり気持《きも》ちが落《お》ちこんでしまい。

だって、入学《にゅうがく》まえから、みんなが知《し》ってることを、あたしはなにも知《し》らないんだもの。

こんなんで、あたし、魔女学校《まじょがっこう》でやっていけるのかな……。

「……というわけで、時間《じかん》になりました。最後《さいご》に、今日《きょう》のおさらいをしましょう。」

え？　もう、終《お》わり？

いけない！　あたし、ぼうっとしちゃって、なにも聞《き》いてなかった！

「フキタンポポは、どんな薬《くすり》になりますか、桃花《とうか》・ブロッサムさん？」

あ、あたし？　な、なんだっけ？

「あらあら、どうしたのかしら。それじゃ、バーベインはなにに効《き》きます？　ディルにある、特別《とくべつ》な力《ちから》はなんですか？」

え、えーっと……。

口《くち》ごもるあたしを、ヒルデガルト先生《せんせい》の黄金色《こがねいろ》の瞳《ひとみ》が、じっと見《み》つめてる。それだけじゃない、十四人《にん》の生徒《せいと》たち全員《ぜんいん》が、ふしぎそうな顔《かお》をしていて。

「……わ、わかりません。」

「ひとつもですか？」

ヒルデガルト先生《せんせい》の声《こえ》には、冷《つめ》たい響《ひび》きがまじっている。

「こまりますね、桃花《とうか》・ブロッサムさん。授業《じゅぎょう》は真剣《しんけん》に聞《き》いてもらわないと。残念《ざんねん》ですが、授業態度《じゅぎょうたいど》不良《ふりょう》として、生活監督官《せいかつかんとくかん》に報告《ほうこく》させてもらいますよ。」

ああ、なんてこと……。

「明日《あす》の授業《じゅぎょう》では、今日《きょう》習《なら》ったことをテストしますから、そのつもりで。みなさんも、復《ふく》習《しゅう》をおわすれなく。では、これで終《お》わります。」

先生《せんせい》は、あたしとは目《め》も合《あ》わさず、そそくさと中庭《なかにわ》を出《で》ていった。一年生《ねんせい》たちも、お昼《ひる》ごはんを食《た》べに食堂《しょくどう》へむかっていく。そのとき、生徒《せいと》がひとり、すっと体《からだ》をよせてきた。

「やっちゃったね、桃花《とうか》。」

くせっ毛《け》の銀髪《ぎんぱつ》、そして、そばかすにかこまれた小《ちい》さな目《め》。ビルトだ。

「これで、今日《きょう》の『最低《さいてい》の部屋《へや》』は桃花《とうか》の部屋《へや》に決定《けってい》かな？　そうしたら、あたしの部屋《へや》との差《さ》はひとつ。リーザまでには、逆転《ぎゃくてん》するからね！」

ビルトは、にやっと笑《わら》うと、歩《あゆ》み去《さ》った。

く、くやしい……。

くちびるをかんで、立《た》ちつくしていると、マガズキンとティアーが近《ちか》よってきた。

「桃花《とうか》、だいじょうぶか？　一回《かい》しかられたぐらい、なんだよ。ドンマイだぞ。」

「そうよ、あたくしもよく罰《ばつ》を受《う》けますけど、ちっとも気《き》にならなくてよ。」

な、なんですって！

あたしの心《こころ》のなかで、なにかが、ブチッと音《おと》をたてて切《き》れた。

「二人《ふたり》とも、少《すこ》しは気《き》にしてよ！　いままで、あなたたちのせいで、責任者《せきにんしゃ》のあたしが、何回《なんかい》しかられたと思《おも》ってるの！」

マガズキンとティアーが、ぎょっと、一歩《ぽ》、しりぞいた。

「ひとごとだと思《おも》って！　あたしは、いいとこのお嬢《じょう》さまじゃないの！　この学校《がっこう》になれるだけでも、ひと苦労《くろう》なの！　少《すこ》しは協力《きょうりょく》してくれたって、いいじゃない！」

そうさけぶと、あたしは中庭《なかにわ》を飛《と》びだしていた……。

★

お昼《ひる》ごはんを食《た》べても、気分《きぶん》は晴《は》れなかった。

マガズキンとティアーは、ずっと、あたしのそばにいたけれど、なにも話《はな》しかけてはこなかった。食事《しょくじ》のときも、授業《じゅぎょう》も、部屋《へや》ごとに着席《ちゃくせき》って、決《き》まってるからしかたないけれど、そうでなければ、はなれていたいって、思《おも》ってるにちがいない。

「……それじゃあ、いま教《おし》えた『大《おお》はずれ魔法《まほう》』を、実際《じっさい》にかけてもらおうか。」

午後《ごご》の『黒魔法基礎《くろまほうきそ》』の授業《じゅぎょう》。ぴちぴちの黒革《くろかわ》ジャケットに身《み》をつつんだ濡烏先生《ソークロウせんせい》が、黒髪《くろかみ》をなびかせながら、教壇《きょうだん》の上《うえ》を、行《い》ったり来《き》たりしている。

「まず、状況《じょうきょう》を説明《せつめい》しよう。おまえたちが取《と》り憑《つ》いた人間《にんげん》が、サイコロ遊《あそ》びに、お金《かね》をかけている。黒魔女《くろまじょ》のおまえたちは、その人間《にんげん》を絶望《ぜつぼう》のふちに追《お》いこまなければならない。そのために、その人間《にんげん》に、全財産《ぜんざいさん》をかけさせるところまで、成功《せいこう》したとしよう。」

濡烏先生《ソーククロウせんせい》が、そこで、サイコロをとりだした。

「二、四、六の偶数《ぐうすう》どれかが出《で》たら、その人間《にんげん》の勝《か》ちで大《おお》もうけ。一、三、五のどれか奇数《きすう》が出《で》たら、その人間《にんげん》はかけた財産《ざいさん》すべてを失《うしな》う。いいな、おまえたちは、大《おお》はずれ魔法《まほう》で、奇数《きすう》を出《だ》させるんだ。」

濡烏先生《ソーククロウせんせい》は、ヒルデガルト先生《せんせい》とは正反対《せいはんたい》の、最高《さいこう》にこわい先生《せんせい》だから、だれひとり、おしゃべりをしたり、いねむりしたりする生徒《せいと》はいない。でも、どういうわけか、今日《きょう》は、みんな、どことなく、リラックスした表情《ひょうじょう》をしてる。

「では、最初《さいしょ》に桃花《とうか》・ブロッサムとビルトに勝負《しょうぶ》してもらおう。」

え？　勝負《しょうぶ》？　ど、どういうこと？

「桃花《とうか》は大《おお》はずれ魔法《まほう》をかけ、ビルトは大当《おおあ》たり魔法《まほう》をかける。負《ま》けたほうは、授業態度《じゅぎょうたいど》不良《ふりょう》として、生活監督官《せいかつかんとくかん》に報告《ほうこく》しよう。どうだ、スリル満点《まんてん》だろ？」

そ、そんな……。そんなの、授業態度《じゅぎょうたいど》と関係《かんけい》ないのに……。

「不満《ふまん》そうだな、桃花《とうか》。だがな、人間界《にんげんかい》っていうのは、広《ひろ》いようでせまい。インストラクター黒魔女同士《くろまじょどうし》が、ばったり出会《であ》って、黒魔法対決《くろまほうたいけつ》になるってことは、よくあるんだ。つまり、これはとても実践的《じっせんてき》な授業《じゅぎょう》ってことなんだよ。」

濡烏先生《ソークロウせんせい》は、にやっと笑《わら》うと、サイコロをにぎった手《て》を、高々《たかだか》とあげた。

「それじゃあ、いくぞ。せえの！」

サイコロが、ふわっと、宙《ちゅう》に浮《う》く。その瞬間《しゅんかん》、ビルトが、呪文《じゅもん》を唱《とな》えた。

「ルキウゲ・ルキウゲ・ゲットーネ！」

い、いけない！　あたしも！

「ルキウゲ・ルキウゲ・ディスゲットーネ！」

からん、ころん……。

かわいた音《おと》をたてて、サイコロが、教卓《きょうたく》の上《うえ》をころがっていく。

ど、どう？

「二！　ビルトの勝《か》ち！」

「やったー！」

ビルトは、とびはねながら、同《おな》じ『アモン』の部屋《へや》の子《こ》たちと、ハイタッチ。

……負《ま》けた。これで、今日《きょう》の『最低《さいてい》の部屋《へや》』は、あたしたちに、ほぼ決定《けってい》……。

しかも、今日《きょう》は完全《かんぜん》にあたしのせい。

それにしても、どうして負《ま》けたんだろ。あたし、ちゃんと先生《せんせい》の授業《じゅぎょう》を聞《き》いていたし、呪文《じゅもん》だって、しっかり唱《とな》えたのに、いったい、どうして？

★

「あたしって、劣等生《れっとうせい》なのかな……。」

夕食《ゆうしょく》の時間《じかん》。手《て》つかずのお皿《さら》を前《まえ》に、あたしは、ぽつんとつぶやいた。

そんなあたしに、ティアーが、はっと顔《かお》をあげた。考《かんが》えてみれば、あたしが口《くち》を開《ひら》くの、午前中《ごぜんちゅう》のヒルデガルト先生《せんせい》の授業《じゅぎょう》以来《いらい》。

「そ、そんなことありませんわ、桃花《とうか》さん。」

とりつくろうように、ティアーがいう。でも、あたしは首《くび》をふった。

「そうだよ。授業《じゅぎょう》だって、魔草《マーブ》のことは知《し》らないし、大《おお》はずれ魔法《まほう》は使《つか》えないし。それなのに、少《すこ》しは協力《きょうりょく》しろだなんて、えらそうにどなったりして。ごめんね……。」

うなだれるあたしに、ティアーとマガズキンが、びっくりしたように顔《かお》を見《み》あわせてる。

「あやまったりなさらないで。だって、ほんとうにご迷惑《めいわく》をおかけしてますもの。」

「そうさ。それに、桃花《とうか》は劣等生《れっとうせい》なんかじゃないよ。今日《きょう》の授業《じゅぎょう》のことだって、桃花《とうか》は、ああいうのになれてないだけなんだよ。育《そだ》った環境《かんきょう》のちがいっていうかさ。」

マガズキンは、そういうと、ゴキブリの野菜《やさい》あんかけをぱくっ。

「なれ？　どういうこと？」

「魔界《まかい》の貴族《きぞく》は、魔草《マーブ》とか大《おお》はずれ魔法《まほう》を、ふだんからよく使《つか》うってこと。」

いや、魔草《マーブ》のことはそうかもしれないけど、大《おお》はずれ魔法《まほう》も？　なにに使《つか》うの？

「ゲームに決《き》まってるじゃん。貴族《きぞく》は働《はたら》かないの。しょっちゅうゲームをしてるんだよ。それで、おたがいに大当《おおあ》たり魔法《まほう》や大《おお》はずれ魔法《まほう》をかけあう。子《こ》どものときからな。だから、魔力《まりょく》がちがうんだよ。」

そ、そうなんだ。でも、魔力《まりょく》の問題《もんだい》なら、いくらがんばっても、むだってことでしょ？

やっぱり、あたしは劣等生《れっとうせい》なんだよ……。

するとマガズキンが、はっとしたように、顔《かお》をあげた。

「あたしって、天才《てんさい》……。」

はあ？

「すっごい、いいこと思《おも》いついたんだよ。」

いいことって？

「桃花《とうか》の魔力《まりょく》を上《あ》げる方法《ほうほう》だよ。それもあっというまに！」

マガズキンは、ティアーとあたしに顔《かお》をよせると、ひそひそ声《ごえ》で話《はな》しはじめた。

「ちょ、ちょっと、それは、まずいんじゃない？」

あたし、あまりにとんでもない計画《けいかく》に、

びっくり。

「しっ！　でかい声出《こえだ》すなよ、桃花《とうか》。ほかの生徒《せいと》に聞《き》かれたら、まずいだろ？」

「ご、ごめん。でも、それはだめだよ、マガズキン。こんなこと、ばれたら、たいへんなことになっちゃうよ。それに、ほんとに効《き》きめがあるかどうか、わからないし……。」

「効《き》きめがあるに決《き》まってるわ！　桃花《とうか》さん、これはすばらしいアイデアよ！　あたくし、だんぜん、協力《きょうりょく》させていただきましてよ！」

ちょっと、ティアーまで……。

「よし、そうと決《き》まれば、今夜決行《こんやけっこう》だ！」

ええっ？　ほ、ほんとにだいじょうぶなのかなぁ……。

4　校長室《こうちょうしつ》

「消灯《しょうとう》！」

回廊《かいろう》に、エレオノーラ先輩《せんぱい》の声《こえ》が響《ひび》きわたった。

「ルキウゲ・ルキウゲ・アパガーレ！」

もう一回《かい》、先輩《せんぱい》の声《こえ》。いまごろ、回廊《かいろう》についていたろうそくの火《ひ》が、消《き》えたはず。

それから五分後《ふんご》。

「そろそろ、いいだろう。」

マガズキンが、ベッドから、がばっと起《お》きあがる。つづいて、ティアーも。

「ね、ねえ、ほんとにやるの？」

とびらにむかう二人《ふたり》に、あたしは声《こえ》をかけた。

「なんだよ、いまさら。これは、桃花《とうか》のためなんだぞ。」

「そうですわ。あたくしたち、桃花《とうか》さんには、たくさんご迷惑《めいわく》をかけているんですもの。今夜《こんや》は、あたくし、だんぜん、がんばりますわ！」

いや、あたしは、だんぜん、どきどきするんだけど。でも、二人《ふたり》は、あたしのために、危険《きけん》をおかそうとしているんだもの。あたしが、ビビってちゃ、だめよね……。

マガズキンは、うすく開《ひら》いたとびらのすきまから、外《そと》のようすをうかがってる。

「だれもいないな。それじゃあ、手《て》をつないで。よし、行《い》くぞ！」

マガズキン、さっととびらを開《あ》けると、外《そと》へ。あたしも、ティアーにひっぱられるようにして、回廊《かいろう》へ。

外《そと》はまっ暗《くら》。どこが回廊《かいろう》で、どこから中庭《なかにわ》なのかさえ、わからず……。でも先頭《せんとう》のマガズキンは、ずんずん歩《ある》いていく。まるで暗《くら》がりでも目《め》が見《み》えるみたい。

「新《あたら》しい魔界昔話《まかいむかしばなし》の舞台《ぶたい》を、この回廊《かいろう》にしたんだよ。で、何歩《なんぽ》歩《ある》いたら、どこにつくとか、何歩目《なんぽめ》で左《ひだり》に曲《ま》がるとか、調《しら》べたわけ。創作《そうさく》で大切《たいせつ》なのは、リアリティだからね。」

す、すごい、マガズキン。勉強《べんきょう》や生活態度《せいかつたいど》は、ぐだぐだだけど、自分《じぶん》の夢《ゆめ》のためには、やることが徹底《てってい》しているというか。ちょっと、いや、かなり尊敬《そんけい》します。

「よし、ついたぞ。」

マガズキンの声《こえ》と同時《どうじ》に、ぎいっと、戸《と》がきしむ音《おと》。なかから、ほこりっぽい風《かぜ》がふきだしてきた。どうやら、食糧庫《しょくりょうこ》についたみたい。

「ルキウゲ・ルキウゲ・イルミナーレ。」

呪文《じゅもん》を唱《とな》えたマガズキンの人《ひと》さし指《ゆび》に、オレンジ色《いろ》の小《ちい》さな炎《ほのお》が、ぽつんと点《とも》る。ゆらめく光《ひかり》に照《て》らされたのは、石《いし》のかべにかこまれた空間《くうかん》。そこには、大《おお》きな紙袋《かみぶくろ》や、段《だん》ボール箱《ばこ》が高々《たかだか》と積《つ》みあげられていて。

「あたくしたち、とうとう、禁断《きんだん》の場所《ばしょ》に足《あし》をふみいれたのですね！」

禁断《きんだん》っていうのは、おおげさだけど、でも、校則《こうそく》の第《だい》四条《じょう》に『食糧庫《しょくりょうこ》への立《た》ち入《い》りを固《かた》く禁止《きんし》する。』ってあるから、ばれたら、きつーいおしかりを受《う》けることになる。

「こんな冒険《ぼうけん》ができるなんて、いままでの人生《じんせい》で、いっとう、どきどきしてましてよ！」

大興奮《だいこうふん》のティアーをよそに、マガズキンは、無言《むごん》で食糧庫《しょくりょうこ》の奥《おく》へと進《すす》んでいく。そして、しばらくすると、とつぜん、しゃがみこんだ。

石《いし》をしきつめた床《ゆか》の一部《いちぶ》に、四角《しかく》い木《き》の板《いた》があった。手《て》をかけるための穴《あな》がついているところをみると、上《あ》げぶたになってるみたい。

と思《おも》ったら、マガズキン、上《あ》げぶたに手《て》をかけると、ぐいっとひっぱりあげた。ぽっかりと開《あ》いた暗《くら》い穴《あな》から、かびくさいにおいがたちのぼってくる。

「はしごをおりるよ。」

いうが早《はや》いか、マガズキンは、木《き》のはしごを、ぎしぎしいわせながら、おりていく。

ティアーとあたしもあとにつづくと……。

そこは、とてつもなく広《ひろ》い地下室《ちかしつ》。そして、大《おお》きな木《き》の樽《たる》がずらりとならんでいて。

「ワイン蔵《ぐら》へようこそ！　さあ、桃花《とうか》。魔力増強《まりょくぞうきょう》ワインを、たっぷり飲《の》んで！」

マガズキン、ワイン樽《だる》をたたきながら、にたり。

魔力増強《まりょくぞうきょう》ワイン。それは、カナヘビとナメクジをブタの血《ち》につけて、そこにイヌホオズキとベラドンナとマンドラゴラをくわえて、一年間《ねんかん》ねかせたもの。とてもおいしいとはいえないけど、魔力《まりょく》を上《あ》げる効果《こうか》はばつぐんといわれているの。それで、王立魔女学校《おうりつまじょがっこう》では、毎週金曜日《まいしゅうきんようび》、生徒《せいと》に一杯《ぱい》ずつ、魔力増強《まりょくぞうきょう》ワインを飲《の》ませることになってる。

そう、マガズキンが思《おも》いついた「すっごい、いいこと」というのは、あたしに、それをたくさん飲《の》ませようってことだったのよ。貴族《きぞく》の娘《むすめ》たちに、魔力《まりょく》で負《ま》けているぶん、魔力《まりょく》増強《ぞうきょう》ワインでおぎなえばいいというわけ。

「ねえ、マガズキン。そのまえに、ひとつききたいことがあるんだけれど……。」

うす暗《ぐら》いワイン蔵《ぐら》に、あたしの声《こえ》が低《ひく》くこだまする。

「どうやって、ここを知《し》ったの？　食糧庫《しょくりょうこ》に入《はい》るだけでも規則違反《きそくいはん》なのよ。その奥《おく》に、ワイン蔵《ぐら》への秘密《ひみつ》の入《い》り口《ぐち》があるなんて、ふつう、わかるわけないいじゃない。」

すると、マガズキンは、急《きゅう》にまじめな顔《かお》になって。

「じつは、先週《せんしゅう》、食糧庫《しょくりょうこ》にしのびこんだんだよ。べつにおなかがすいたわけじゃない。新《あたら》しい魔界昔話《まかいむかしばなし》の取材《しゅざい》のためさ。そのとき見《み》ちゃったんだよ。上《あ》げぶたから生徒《せいと》が出《で》てくるのを。」

生徒《せいと》が出《で》てきた？　このワイン蔵《ぐら》から？　いったいだれ？

「三年《ねん》のギュービッド先輩《せんぱい》だよ。」

ギュービッド先輩《せんぱい》？

「まあ、桃花《とうか》さん、ギュービッド先輩《せんぱい》をご存《ぞん》じないの？　おっくれてるぅ！」

むかむかむかっ。なぜかはわからないけど、そのいわれかた、かなりむかっとする！

「だって、ギュービッド先輩《せんぱい》は、魔女学校《まじょがっこう》で一、二を争《あらそ》う有名《ゆうめい》な方《かた》よ。授業《じゅぎょう》はバックれる、先生《せんせい》の注意《ちゅうい》はシカトする、他人《たにん》のギャグはパクりまくり、『ふとんがふっ飛《と》んだ～。』なんてダジャレをかましちゃって……。」

ちょ、ちょっと、ティアー。王族《おうぞく》のお嬢《じょう》さまが、なんていう言葉《ことば》づかいをしてるの。

「だって、ギュービッド先輩《せんぱい》のことを語《かた》るときは、こういう言葉《ことば》がふさわしいって、三年《ねん》生《せい》に教《おし》えていただいたんですもの。あたくし、だんぜん、気《き》に入《い》ってましてよ。」

マガズキンも、うなずいた。

「それだけじゃない。いつもふざけてるから、成績《せいせき》も落第《らくだい》すれすれ。なのに、実力《じつりょく》はピカイチなんだ。まだ一級黒魔女《きゅうくろまじょ》なのに、五段黒魔女級《だんくろまじょきゅう》の黒魔法《くろまほう》が使《つか》えるってうわさでさ。でもさ、ここから出《で》てきた先輩《せんぱい》を見《み》たとき、その秘密《ひみつ》がわかったような気《き》がしたんだ。」

秘密《ひみつ》？　あ、まさか、ギュービッド先輩《せんぱい》は、ひそかにこのワインを……。

「そういうこと。ギュービッド先輩《せんぱい》は、きっと、このワインをかくれて飲《の》んで、魔力《まりょく》を増《ぞう》強《きょう》してたんだよ。だから、強力《きょうりょく》な黒魔法《くろまほう》がかけられるのさ。だから、桃花《とうか》も。な？」

マガズキンは、ワイン樽《だる》の栓《せん》を、ぽんとぬくと、そばにあったひしゃくを樽《たる》のなかに入《い》れた。それから、ひしゃくをひきぬくと、そこには、赤黒《あかぐろ》い、どろっとした液体《えきたい》が。あふれんばかりのワインは、ひしゃく一杯《ぱい》で、ふだん飲《の》まされる量《りょう》の三杯分《ばいぶん》はありそう。

「……でもマガズキン。これってズルじゃない？　だって、みんな、いっしょうけんめいに黒魔女修行《くろまじょしゅぎょう》をしているのに、あたしひとりだけ、ワインで魔力《まりょく》を増《ふ》やすなんて……。」

「もうっ、桃花《とうか》はどこまでまじめなんだよ。今日《きょう》の授業《じゅぎょう》のこと、思《おも》いだしなよ。魔草《マーブ》の質《しつ》問《もん》に答《こた》えられず、ビルトに魔法対決《まほうたいけつ》で負《ま》け、濡烏《ソーククロウ》先生《せんせい》に笑《わら》われたこと。あれは全部《ぜんぶ》、桃《とう》花《か》が勉強不足《べんきょうぶそく》なんじゃなくて、もともとの魔力《まりょく》が足《た》りないだけなんだよ。」

……そうだよね。みんなとちがって、あたしは田舎《いなか》の貧乏農家《びんぼうのうか》の生《う》まれ。ただ、それだけのせいなんだよね。

「そういうこと。だから、これを飲《の》んで魔力《まりょく》をつけるのは、公平《こうへい》な競争《きょうそう》のためなんだよ。」

な、なるほど。マガズキンのいうとおりかも。ようし……。

あたしは、大《おお》きく息《いき》を吸《す》いこむと、ひしゃくを受《う》けとった。

お口《くち》に近《ちか》づける。鼻《はな》をくすぐる強烈《きょうれつ》なにおいに、思《おも》わずむせそうになる。

これは、ズルじゃないのよ。ぜったいに悪《わる》いことじゃない……。ううっ、苦《にが》っ！

目《め》を閉《と》じて、ひしゃくに口《くち》をつける。そして、ぐいっ……。ううっ、苦っ！

「桃花《とうか》さん、がんばって。それだけ効《き》きめがあるんですわ。ことわざにもありますでしょ。『ようやく口《くち》が苦《にが》くなってきた』って。」

「それをいうなら『良薬《りょうやく》は口《くち》に苦《にが》し』！　って、そんなことより、桃花《とうか》、もう一杯《ぱい》！」

ええっ？　まだ飲《の》むの？

「こんなチャンス、めったにないんだぞ。飲《の》めるだけ、飲《の》まなくちゃ。」

うん、そうだね……。マガズキンもティアーも、あたしのために、こんなに重大《じゅうだい》な規則《きそく》違反《いはん》をしてくれてるんだもの。がんばらなくちゃ。

こんどは、自分《じぶん》で魔力増強《まりょくぞうきょう》ワインをくんだ。で、ぐいっ……。

ううっ、まずい……。苦《にが》いし、なまぐさいし、口《くち》のなかがざらざらするし……。

「いかが、桃花《とうか》さん？　魔力《まりょく》がついてきた感《かん》じはされましまして？」

うん、体《からだ》が熱《あつ》くなってきた。それに、力《ちから》がみなぎるような感《かん》じも。

でも、いま、あたしが飲《の》んだのはふだんの六杯分《ぱいぶん》。だからかな？

「ようし、それじゃあ、もう一杯《ぱい》！」

うん。このさい、魔力《まりょく》をばっちりつけちゃおう！

ぐびっ。あれ？　こんどはまずくない。それどころか、あまみさえ感《かん》じるよ。

顔《かお》が熱《あつ》くなってきたけど、そのぶん、頭《あたま》がはっきりしてきたような感《かん》じがする。

これはかなりの効《き》きめがありそう！　こうなったら、どんどんいこう！

ぐびっ。ぐびっ。

「お、おい、桃花《とうか》。そのへんでもういいんじゃ……。」

なんでよ。こんなチャンスはめったにないっていったの、マガズキンよ。

「いや、でも、それは飲《の》みすぎだろ。だいたい、桃花《とうか》、顔《かお》がまっ赤《か》だし……。」

そう？　だったら、あたしの魔力《まりょく》、ほんとに強《つよ》くなってるのかもね。

っていうかさぁ、なんだか、メリュジーヌ先生《せんせい》のこと、急《きゅう》に腹《はら》が立《た》ってきたんだけど。

だって、入学式《にゅうがくしき》のとき、いってたじゃない？『わたしは、火《ひ》の国《くに》じゅうの少女《しょうじょ》たちに、つねに目《め》をくばっている。』って。だったら、あたしには、ほかの一年生《ねんせい》みたいな魔《ま》力《りょく》はないこと、知《し》ってたはずでしょ。なのに、なぜあたしを推薦入学《すいせんにゅうがく》なんかさせたわけ？

あ、もしかして、あたしをいじめるため？　そうよ、そうに決《き》まってる！　貧乏人《びんぼうにん》の娘《むすめ》を、ご令嬢《れいじょう》だらけの魔女学校《まじょがっこう》に入学《にゅうがく》させて、笑《わら》いものにしようとしたのよ！

桃花《とうか》・ブロッサム、完全《かんぜん》に頭《あたま》にきました〜！　校長室《こうちょうしつ》に行《い》って、文句《もんく》いってやる！

「はしごをのぼったりしてはだめですわ！　そのお顔《かお》、完全《かんぜん》に酔《よ》ってらっしゃる！」

酔《よ》ってなんかいませーん！　生《う》まれて以来《いらい》、最高《さいこう》に頭《あたま》がすっきりしてるんでーす！

「待《ま》てよ、桃花《とうか》！　その顔《かお》で校長室《こうちょうしつ》に行《い》くのはまずい……。うわーっ！」

あら、マガズキンったら、ドジねぇ。はしごから、落《お》っこちちゃったりして。

「なにいってんだよ。桃花《とうか》があたしをつきとばしたんじゃないか！」

あ、そうぉ？　ごめーん。でも、あたし、いそいでるんで、バッハッハーイ〜！

ええっと、校長室《こうちょうしつ》は、回廊《かいろう》に出《で》て、右《みぎ》よね。で、奥《おく》の階段《かいだん》をあがったつきあたり……。

あ、ここね。この大《おお》きなとびら。巨大《きょだい》なハエの姿《すがた》をした悪魔《あくま》ベルゼブルさまの彫刻《ちょうこく》の上《うえ》に『校長室《こうちょうしつ》』って、書《か》いてある。

ドンドンドン！　校長先生《こうちょうせんせい》！　メリュジーヌ先生《せんせい》！

いないんですか！　居留守《いるす》なんて、ずるいですよ！　ドンドンドン！

「だれだい、そうぞうしい……。え？　おまえは一年《ねん》の桃花《とうか》・ブロッサムじゃないか。いったいなんだっていうんだい？　だいたい、消灯《しょうとう》時間《じかん》はとっくにすぎて……。」

そのとたん、銀《ぎん》ブチめがねをかけたお顔《かお》がゆがんだ。

「うっ、酒《さけ》くさい。ま、まさか、魔力増強《まりょくぞうきょう》ワインを飲《の》んでるんじゃ……。」

「はい、ひしゃくで五、六杯《ぱい》、いたらきました〜。おかげで、頭《あたま》はすっきり、魔力《まりょく》もアップ〜。で、このさい、校長先生《こうちょうせんせい》にひとこと、文句《もんく》をいわせていたらきたく……。」

いきなり、手《て》をつかまれた。と思《おも》ったら、ぐいっとお部屋《へや》のなかにひっぱりこまれ。

ぴしゃっと、とびらが閉《し》まる。と同時《どうじ》に、先生《せんせい》が両手《りょうて》をつきだした。

「ルキウゲ・ルキウゲ・ソブリアーレ！」

目《め》の前《まえ》が、ぴかぴかっとまたたいた。で、次《つぎ》の瞬間《しゅんかん》、冷《つめ》たい水《みず》をあびせかけられたような感《かん》じがしたと思《おも》ったら……。

あれ？　ここ、どこ？

ものすごく広《ひろ》くて、おごそかなふんいきのお部屋《へや》。アーチの波《なみ》うつ低《ひく》い天井《てんじょう》。あめ色《いろ》の木《き》でできた巨大《きょだい》な本《ほん》だな。机《つくえ》やイスは猫脚《ねこあし》のデザインで、いかにも高級《こうきゅう》そうだし、かべには、黒魔女《くろまじょ》さんらしき肖像画《しょうぞうが》が、ずらりとならんでるけど。

「校長室《こうちょうしつ》だよ。」

校長室《こうちょうしつ》？　で、でも、どうして、あたしが校長室《こうちょうしつ》に？

「あきれたもんだね、自分《じぶん》からおしかけてきたことさえおぼえていないほど、ワインを飲《の》んだとは。『酔《よ》いざまし魔法《まほう》』をかけたからよかったものの、あんな姿《すがた》、舎監《しゃかん》の濡烏先《ソークロウせん》生《せい》に見《み》つかったら、ただじゃすまなかったろうよ。」

ワイン？　そうだ、あたし、ワイン蔵《ぐら》に行《い》って、魔力増強《まりょくぞうきょう》ワインを飲《の》んだんだっけ。

そ、それじゃあ、あたし、酔《よ》っぱらって、ここへ？

銀《ぎん》ブチめがねの奥《おく》で、緑色《みどりいろ》の瞳《ひとみ》が、ぎろりと動《うご》いた。

「桃花《とうか》、そのソファにおすわり。」

重々《おもおも》しい声《こえ》がしたとたん、まるで黒魔法《くろまほう》にかかったかのように、あたしの体《からだ》は、勝手《かって》にソファに。そして、メリュジーヌ先生《せんせい》は、テーブルをはさんで反対側《はんたいがわ》に腰《こし》をおろした。

「桃花《とうか》、おまえをワイン蔵《ぐら》に連《つ》れていったのは、だれだい？」

え？　あ、それは、マガズキンで……。

って、そんなことといえないよ。だって、それはたいへんな規則違反《きそくいはん》だし、それに、マガズキンはあたしのためを思《おも》ってしてくれたわけで……。

「だ、だれにも、連《つ》れていってもらってません。あたしがひとりで……。」

「うそはおやめ、桃花《とうか》。おまえがひとりでワイン蔵《ぐら》に入《はい》れるわけがないんだ。まじめがとりえのおまえには、食糧庫《しょくりょうこ》に入《はい》ることすらできないだろうからね。」

さ、さすがはメリュジーヌ先生《せんせい》。ちゃんと、見《み》ぬいていらっしゃる。でも、やっぱり名《な》前《まえ》はいえない。大切《たいせつ》なルームメイトをこまらせるようなこと、できるわけないもの。

「ほんとです。あたし、ひとりで行《い》きました。」

メリュジーヌ先生《せんせい》が、ほうっと、ためいきをついた。

「友《とも》だちをうらぎれないということかい。似《に》てるね、あの子《こ》に……。」

あの子《こ》？

でも、メリュジーヌ先生《せんせい》は、あたしを無視《むし》して、つづけた。

「よくお聞《き》き、桃花《とうか》。魔力増強《まりょくぞうきょう》ワインをがぶ飲《の》みしても、魔力《まりょく》は増《ふ》えないよ。あれは、週《しゅう》に一回《かい》、グラスに一杯《ぱい》だけ飲《の》んで、しっかりと黒魔女修行《くろまじょしゅぎょう》をすることで、はじめて効果《こうか》があるんだよ。それも、ゆっくり、ゆっくりとね。」

先生《せんせい》は、そういうと、あたしの目《め》をじっと見《み》つめた。

「おまえの気持《きも》ちはわかるよ。田舎《いなか》の農家《のうか》の娘《むすめ》のおまえは、貴族《きぞく》の娘《むすめ》たちに気《き》おくれしてるんだろ？　小《ちい》さいころから黒魔法《くろまほう》に親《した》しんだこともなければ、魔力《まりょく》も少《すく》ないしね。」

やっぱり……。あたしには、黒魔女《くろまじょ》としての素質《そしつ》がないってことじゃないの……。

「だったら校長先生《こうちょうせんせい》。どうして、あたしを入学《にゅうがく》させたんですか？　火《ひ》の国《くに》には、あたしなんかより、ずっと魔力《まりょく》の強《つよ》い、素質《そしつ》のある女《おんな》の子《こ》がいっぱいいるはずなのに。」

「魔力《まりょく》が強《つよ》ければ、素質《そしつ》があるってわけでもないし、いい黒魔女《くろまじょ》になれるわけでもない。」

え？

「大切《たいせつ》なのは、自分《じぶん》を知《し》ること、そして、それに見《み》あった努力《どりょく》ができること。それこそが、黒魔女《くろまじょ》に必要《ひつよう》な素質《そしつ》なんだよ。」

な、なにをいってるのか、ぜんぜん、わからない……。

「いまのおまえには経験《けいけん》も魔力《まりょく》も足《た》りない。たしかにそれは欠点《けってん》さ。でも、それをなんとかおぎなおうと、努力《どりょく》をするきっかけになるのなら、欠点《けってん》も長所《ちょうしょ》に変《か》わる。」

欠点《けってん》が長所《ちょうしょ》に……。

「わたしは黒魔法《くろまほう》で、火《ひ》の国《くに》の十七歳《さい》の少女《しょうじょ》を、全部調《ぜんぶしら》べたのさ。すると、おまえが、バカがつくほどのまじめな子《こ》だとわかった。魔力《まりょく》は人《ひと》なみでも、そのぶん、きっと人一倍努《ひといちばいど》力《りょく》をする子《こ》だろうと思《おも》った。だから、入学許可書《にゅうがくきょかしょ》を送《おく》ったんだよ。」

メリュジーヌ先生《せんせい》の低《ひく》い声《こえ》が、校長室《こうちょうしつ》にこだましている。

「問題《もんだい》は、おまえには、ちょっと短気《たんき》なところがあることさ。魔力増強《まりょくぞうきょう》ワインで手《て》っとり早《ばや》く魔力《まりょく》を増《ふ》やそうとしたり、酔《よ》ってぶちきれたりしたのも、そのせいだろうね。」

「……すいませんでした。」

「あやまることはないよ。性格《せいかく》は変《か》えようがないんだから。おまえだけじゃない、みんなそうさ。のんびりした子《こ》、せっかちな子《こ》、こつこつがんばる子《こ》、やるときはやる子《こ》。いいも悪《わる》いもない。みんなちがってて、あたりまえ。それでいいんだよ。だから……。」

メリュジーヌ先生《せんせい》は、すっと立《た》ちあがった。

「貴族《きぞく》の生《う》まれじゃないとか、魔力《まりょく》が少《すく》ないとか、気《き》にしたければすればいい。でも、同《どう》時《じ》に、こんな自分《じぶん》はどうすればいいのか、自分《じぶん》に合《あ》ったがんばりかたはなんなのか、それを考《かんが》えなさい。そうすれば、欠点《けってん》も自分《じぶん》に足《た》りないところも、すべて長所《ちょうしょ》になる。」

……そんなこと、できるのかな。なんだか、むずかしそうだし……。

「むずかしくなんかないさ。毎日考《まいにちかんが》えていれば、だれにでもできることさ。わたしにだって、できたんだから。」

『わたしにだって、できた。』って……。え？　まさか、メリュジーヌ先生《せんせい》も貴族出身《きぞくしゅっしん》じゃないってこと？

でも、メリュジーヌ先生《せんせい》は、それには答《こた》えず、こつこつとかかとを鳴《な》らして、出口《でぐち》にむかっていった。そして、重《おも》い木《き》のとびらを開《ひら》くと、あたしをふりかえり。

「話《はなし》は以上《いじょう》。さあ、もうおかえり。」

あたしは、こくっとうなずくと、とびらに近《ちか》づいていった。そして、廊下《ろうか》へ出《で》るまえに、先生《せんせい》にぺこり。

「ワイン蔵《ぐら》にしのびこんだりして、すいませんでした。あたし、どんな罰《ばつ》でも受《う》けますので、どうぞえんりょなく、濡烏《ソークロウ》先生《せんせい》やエレオノーラ先輩《せんぱい》に伝《つた》えて……。」

「罰《ばつ》？　なんの罰《ばつ》だい？　おまえ、ちっとも酔《よ》ってないだろ？　においもしないし。」

いや、それは先生《せんせい》が、酔《よ》いざましの魔法《まほう》をかけてくださったからで……。

「さ、濡烏《ソークロウ》先生《せんせい》や生活監督官《せいかつかんとくかん》に見《み》つからないように、気《き》をつけておかえり。」

あたしが口《くち》を開《ひら》くまえに、校長室《こうちょうしつ》のとびらは閉《し》まっていた。

5　楽《たの》しい外出日《がいしゅつび》！

結局《けっきょく》、リーザのサバトで、外出禁止《がいしゅつきんし》になったのは、あたしだった。

というのも、あの日《ひ》から六日連続《むいかれんぞく》で、あたしたち『フォカロル』が『最低《さいてい》の部屋《へや》』になって、ビルトたち『アモン』の部屋《へや》の子《こ》たちに、逆転《ぎゃくてん》されちゃったから。

「ごめんな、桃花《とうか》。こんどから、授業中《じゅぎょうちゅう》の内職《ないしょく》、もっとうまくやるからさ。」

「あたくしも、火《ひ》の国《くに》に三つしかないというキングコブラの皮《かわ》のヘアバンドが、『勉強《べんきょう》に不要《ふよう》なもの』になるなんて、思《おも》いもよりませんでしたの……。」

マガズキンもティアーも、ものすごく気《き》にしていたけど、あたしは気《き》にしなかった。だって、二人《ふたり》が魔力増強《まりょくぞうきょう》ワインを飲《の》ませてくれなかったら、酔《よ》っぱらって、校長室《こうちょうしつ》におしかけるなんていう事件《じけん》も起《お》こさなかっただろうし、校長先生《こうちょうせんせい》に、あたしには魔力《まりょく》も、黒魔法《まほう》の知識《ちしき》や経験《けいけん》も、ほかの生徒《せいと》よりも足《た》りないことを教《おし》えてもらえなかったはず。そして、きっと、あたしは、くよくよなやんだまま、ずっと劣等生《れっとうせい》だったはず。

そう、二人《ふたり》がいたからこそ、あたしは、こつこつと、がんばればいいんだって、わかったの。そんな、大切《たいせつ》なルームメイトを責《せ》めるなんてできない。

とにかく、あたしは勉強《べんきょう》をがんばった。魔女学校《まじょがっこう》には、夏休《なつやす》みもなくて、授業《じゅぎょう》につぐ授業《じゅぎょう》。予習《よしゅう》も復習《ふくしゅう》もたいへんだったけれど、でも、メリュジーヌ先生《せんせい》にいわれたとおり、あたしは、人《ひと》より努力《どりょく》することだけがとりえなわけだから。

八月一日《がつついたち》のサバト、ルーナサーで、またまた外出禁止《がいしゅつきんし》になっても、気《き》にしなかった。

もっとも、マガズキンとティアーは、こんどばかりは、すっかり落《お》ちこんでたけど。

「授業中《じゅぎょうちゅう》は、創作《そうさく》のこと、なるべく考《かんが》えないようにしてたのに……。」

「干《ほ》しナメクジティーの香《かお》りが、お部屋《へや》の外《そと》にもれないよう、気《き》をつけましたのに……。」

けど、そんな二人《ふたり》に、あたしは明《あか》るく声《こえ》をかけた。

「そんなにしょげないでよ。今回《こんかい》は、『最低《さいてい》の部屋《へや》』の数《かず》の差《さ》、たった一回分《かいぶん》だもの。あたしたち、確実《かくじつ》に進歩《しんぽ》してるのよ。だから、次《つぎ》はぜったい、だいじょうぶ！」

そして、九月《がつ》二十一日《にち》。秋分《しゅうぶん》の日《ひ》のサバト、マーボン。

「今日《きょう》の外出禁止《がいしゅつきんし》は、『アモン』の責任者《せきにんしゃ》、ビルトだ。」

生活監督官《せいかつかんとくかん》のエレオノーラ先輩《せんぱい》の発表《はっぴょう》を聞《き》いたとたん、あたしたちは、とびあがった。

「やったー！　授業中《じゅぎょうちゅう》の内職《ないしょく》をがまんしたかいがあったよ！」

「あたくしも、干《ほ》しナメクジティーを一杯《ぱい》も飲《の》まずに、がまんしたかいがありましたわ！」

うん！　あたしたち、みんな、がんばったよね！

ああ、やっぱりメリュジーヌ先生《せんせい》のいうとおりだった。

『自分《じぶん》に合《あ》ったがんばりかたはなんなのか、それを考《かんが》えなさい。』

マガズキンも、ティアーも、そしてあたしも、考《かんが》えたのよね。それぞれの欠点《けってん》を知《し》って、そして、それを乗《の》りこえたの。その結果《けっか》がこれなのよ！

「桃花《とうか》に負《ま》けるなんて、最低《さいてい》……。」

がっくりと肩《かた》を落《お》とすビルトを横目《よこめ》に、三人《にん》で校門《こうもん》を出《で》るのは、最高《さいこう》の気分《きぶん》！

「門限《もんげん》は日没《にちぼつ》を告《つ》げる鐘《かね》！　それまでにもどらないと、サバトへの参加《さんか》は禁止《きんし》！　さらに、十日間連続《とおかかんれんぞく》で、校訓《こうくん》を千回《かいか》書いて提出《ていしゅつ》の罰《ばつ》だぞ！」

校門《こうもん》で濡烏先生《ソークロウせんせい》がどなりちらしてる。

「わかってるだろうが、魔女学校《まじょがっこう》はあらゆる黒魔法《くろまほう》から守《まも》られてるんだ。門限《もんげん》に遅刻《ちこく》して、瞬間移動魔法《しゅんかんいどうまほう》でしのびこもうったって、そうはいかないぞ！」

濡烏先生《ソークロウせんせい》の声《こえ》を背《せ》に、あたしたちは、はずむ足《あし》どりで街《まち》をめざした。

「桃花《とうか》、今日《きょう》は、いままで迷惑《めいわく》をかけたぶん、あたしたちがいろいろ案内《あんない》するよ。」

黒《くろ》ブチのまるめがねをひくひくさせるマガズキンの横《よこ》で、ティアーもにっこり。

「あたくし、都《みやこ》でいっとうはやっているところを、知《し》っていますの。」

うん！　お願《ねが》い！　あたし、火《ひ》の国《くに》の都《みやこ》を歩《ある》くなんて、はじめてだもの。

なんて、おしゃべりをすること、三十分《ぷん》。やがて、あたりは、にぎやかな街《まち》なみに。

すきまなく立《た》ちならんだ大《おお》きな建物《たてもの》は、みんな屋根《やね》がカクカクした三角《さんかく》。どれも赤《あか》や黄《き》色《いろ》、金色《きんいろ》にぬられていて、大《おお》きなお菓子《かし》の家《いえ》みたい。そこには、アーチ形《がた》や四角《しかく》い窓《まど》が、きちんと二つずつついていて、にぎわう通《とお》りを見《み》おろしてる。

すごいなぁ！　こんなかわいい建物《たてもの》、あたしの村《むら》には、ひとつもないよ。

それに、なんてたくさんの人《ひと》！　黒《くろ》マントに銀《ぎん》のタイツをつけた男《おとこ》の人《ひと》、金《きん》のラメをちりばめたまっ赤《か》なドレスの女《おんな》の人《ひと》、純白《じゅんぱく》のチュニックとズボンで、腰《こし》に剣《けん》をさげた兵隊《へいたい》さん、そして、あたりを走《はし》りまわる子《こ》どもたち。

みんな、にこにこしながら、おしゃべりしたり、お店《みせ》をのぞきこんだり。

「さすがは都《みやこ》ねぇ！　人《ひと》も街《まち》も、きらきらしてる！」

はしゃぎまわるあたしに、マガズキンもティアーもふきだして。

「街《まち》が大《おお》きいんだから、人《ひと》も多《おお》いに決《き》まってるさ。」

「それに、今日《きょう》はサバトですもの、みなさん、いつも以上《いじょう》に着《き》かざってるんですわ。」

でも、あたし、うきうきしちゃって、二人《ふたり》の言葉《ことば》も耳《みみ》に入《はい》らず。

「見《み》て、あのお店《みせ》！　かわいいお洋服《ようふく》がいっぱい！　『黒魔女専門《くろまじょせんもん》ブティック』だって！」

ショーウインドーには、黒《くろ》いケープや、とんがり帽子《ぼうし》といった、伝統的《でんとうてき》な魔女服《まじょふく》から、黒革《くろかわ》に銀色《ぎんいろ》のジッパーのついたマントやら、まっ赤《か》なひらひらドレスやら、とても黒魔女《くろまじょ》の服《ふく》とは思《おも》えないものまで、ずらりとならんでる。

「マガズキンとティアーは、どれがいい？　あたし、ハイネックにノースリーブの魔女服《まじょふく》がすてきだと思《おも》うな。ほら、あの黒革《くろかわ》で、白《しろ》いベルトがクロスしてる服《ふく》よ。そうかぁ、オーバーニーのブーツと合《あ》わせると、あんなふうにかっこよくなるんだぁ。」

「まあ、桃花《とうか》さんがファッションに興味《きょうみ》があるなんて、意外《いがい》ですわ！」

そう？　魔女学校《まじょがっこう》では制服以外《せいふくいがい》着《き》られないから、だまってただけで、ほんとうは、あたし、かわいいお洋服《ようふく》、大好《だいす》きなんだよ。とはいっても、あんな魔女服《まじょふく》を買《か》えるお金《かね》なんかないから、見《み》るだけだけどね。

「なにいってるんだよ、桃花《とうか》。優秀《ゆうしゅう》な成績《せいせき》で卒業《そつぎょう》して、人間界《にんげんかい》へインストラクター黒魔女《くろまじょ》として派遣《はけん》されるときは、魔女学校《まじょがっこう》が、好《す》きな魔女服《まじょふく》を用意《ようい》してくれるんだぞ。」

すがんばって勉強《べんきょう》しよう！

「まあ、桃花《とうか》さん、そんなことも知《し》らなかったの？　おっくれてるぅ！」

むかむかむかっ、とは、いまはしないよ。それより、そうとわかれば、あたし、ますます

ええぇーっ！　そ、そうなの？

と、気合《きあい》を入《い》れたとたん、マガズキンのおなかがぐうっと鳴《な》って。

「なあ、服《ふく》もいいけどさ、あたし、おなかすいたよ。なんか食《た》べないか？」

あ、それって、人間界《にんげんかい》のことわざで、『花《はな》より団子《だんご》』っていうやつじゃない？　ほら、授業《じゅぎょう》で習《なら》ったでしょ、魔界《まかい》の『花《はな》よりトカゲ』とよく似《に》ているって。

「トカゲ料理《りょうり》なら、ぜひ当店《とうてん》へどうぞ！」

いきなり、うしろから声《こえ》をかけられた。ふりかえると、そこには、白《しろ》いシャツに黒《くろ》いベスト、赤《あか》い蝶《ちょう》ネクタイの若《わか》いお兄《にい》さんが、にこにこしていて。

「本日《ほんじつ》はマーボンのサバトを記念《きねん》して、特別《とくべつ》なフルコースをご用意《ようい》してありますよ。前菜《ぜんさい》はトカゲのおどり食《ぐ》い、メイン料理《りょうり》は青虫《あおむし》ソースをかけたトカゲのソテー、デザートはトカゲのプリンでございます。」

お、おいしそう……。魔女学校《まじょがっこう》の食堂《しょくどう》とは大《おお》ちがい……。

「さあこちらへ！　通《とお》りに面《めん》したテラス席《せき》がよろしいですか。奥《おく》に個室《こしつ》もございますよ。」

蝶《ちょう》ネクタイのお兄《にい》さん、あたしの腕《うで》をとって、レストランのほうへ。

ところが、反対《はんたい》の腕《うで》をぎゅっとにぎられたかと思《おも》うと、強引《ごういん》にひっぱられ。

「すいません！　あたしたち、お金《かね》なんか、持《も》ってないんで、またこんど！」

マガズキンは、蝶《ちょう》ネクタイのお兄《にい》さんにむかってさけぶと、あたしの腕《うで》をとって、ずんずん歩《ある》きだした。

「桃花《とうか》、ぼうっとしてちゃだめだよ。都《みやこ》には、いろんな客引《きゃくひ》きがいるんだから、ことわるときは、ばしっとことわらないと。」

ごめんなさい……。あまりにおいしそうだったんで、お金《かね》がないのもわすれて……。

って、マガズキン。さっき『なんか食《た》べようよ。』っていってたけど、あたしたち、お金《かね》持《も》ってないんだよ。どうするの？

すると、なぜだか、ティアーが、にっこり。

「そういうときは、お金《かね》をお持《も》ちの殿方《とのがた》を見《み》つけるんですわ。」

は？『とのがた』？『とのがた』って、どの方《かた》？

でも、ティアーはなにもいわず、ひとり、はなれていく。

「まあ、見《み》てろって。」

マガズキンもにやにやしてる。で、その視線《しせん》の先《さき》を追《お》っていくと。

人混《ひとご》みのあいだから、三人《にん》の男《おとこ》の人《ひと》が歩《ある》いてきた。黒《くろ》い服《ふく》に金《きん》のモールと金《きん》ボタン。なにかの制服《せいふく》みたい。と思《おも》ってたら、ティアーは、その三人《にん》の前《まえ》へ、すーっと近《ちか》づいていき。

あれ？　なにか、話《はな》しかけてる。ゆで卵《たまご》みたいにまっ白《しろ》なお顔《かお》には、満面《まんめん》の笑《え》み。栗色《くりいろ》の髪《かみ》をゆらして、こくっと首《くび》をかしげて。なにやってるんだろ……。

ところが、しばらくすると、ティアーは、三人《にん》の男《おとこ》の人《ひと》を連《つ》れてきて。

「ご紹介《しょうかい》しますわ。こちら、王宮《おうきゅう》の近衛兵《このえへい》でいらっしゃるの。」

『このえへい』？

「国王陛下《こくおうへいか》の護衛《ごえい》をさせていただいているんですよ、お嬢《じょう》さん。」

三人《にん》のなかで、いちばん背《せ》の高《たか》い人《ひと》が、そういって、あたしの手《て》をとった。そして、ひざをおって、うやうやしく、おじぎ。

な、な、なに、これ？

「桃花《とうか》さん、この殿方《とのがた》たち、あたくしたちにスイーツをごちそうしてくださるそうよ。」

ごちそう？　な、なんで？　この人《ひと》たちに、そんなことしてもらう理由《りゆう》なんて……。

そのとたん、あたしの口《くち》、マガズキンに、がばっとふさがれて。

「ありがとうございます～！　それでは、まいりましょう～。」

ちょ、ちょっと、ほんとに、こんなことして、いいの？

「いいの、いいの！　見《み》ろよ、この三人《にん》のイケメンぶり！　カールした金髪《きんぱつ》、きりっとした青《あお》い瞳《ひとみ》、通《とお》った鼻《はな》すじに、あまい声《こえ》。白雪姫《しらゆきひめ》やいばら姫《ひめ》で、ねむりに落《お》ちたお姫《ひめ》さまをキスで起《お》こす王子《おうじ》さまのモデルになりそうだろ？」

そ、それはそうだけど、だからって、お菓子《かし》をおごってもらう理由《りゆう》にはならない……。

「どうか、お気《き》になさらずに。」

うわっ、三つのイケメン顔《がお》が、いっせいにあたしをのぞきこんでる！

「王立魔女学校《おうりつまじょがっこう》のみなさんに、ごちそうぐらい、なんということもありませんよ。」

「伝統《でんとう》ある家柄《いえがら》のお嬢《じょう》さま方《がた》にごちそうだなんて、むしろ、名誉《めいよ》なことです。」

あ、そ、そのう、あたしは、そういうお嬢《じょう》さまじゃないんですけど……。

けれども、こんどは、ティアーが、さっとあたしの前《まえ》に立《た》ちふさがり。

「今日《きょう》は、どうしても行《い》きたいお店《みせ》がありますの。できたばかりなので、あまり知《し》られていないけれど、あたくしたちのあいだでは、ブームになっているんですのよ。」

「ほう、それは興味深《きょうみぶか》い！」

「流行《りゅうこう》というのは、いつも、あなたがたのような美《うつく》しいお嬢《じょう》さまから、はじまるものです。」

「王立魔女学校《おうりつまじょがっこう》の生徒《せいと》さんのおめがねにかなうのなら、さぞやすばらしいお店《みせ》でしょうね。」

な、なんなの、このセレブっぽい会話《かいわ》。とても、ついていけない……。

なんて、思《おも》っているうち、ティアーはせまい道《みち》に入《はい》っていった。で、しばらくすると、さらにせまい路地《ろじ》へ。いったい、どこまで行《い》くんだろ……。

「あのお店《みせ》ですわ。」

ティアーが指《ゆび》さしたのは、まっ白《しろ》な石《いし》でできたお店《みせ》。アーチ形《がた》のドアも白木《しらき》。軒先《のきさき》には、にっこりにこちゃんみたいな、かわいいお顔《かお》の看板《かんばん》がさがってる。そして、大《おお》きなショーウインドーには、くるくるした文字《もじ》でお店《みせ》の名前《なまえ》が。

『ロリポップ・ココアのお菓子屋《かしや》さん』

「すてきでしょう？　かわいいセレブなご姉妹《しまい》がはじめたお店《みせ》ですのよ。」

ティアーの声《こえ》を背《せ》に、三人《にん》のイケメン近衛兵《このえへい》さん、ショーウインドーへ。

「『青虫《あおむし》のスフレ』、『ムカデのショートケーキ』……。これは、おいしそうだ。」

「でも、ずいぶんと、こんでるみたいですね。」

そういう近衛兵《このえへい》さんのうしろから、ショーウインドーのなかをのぞいてみると。

ほんとだ、お店《みせ》は、お客《きゃく》さんでいっぱい。白木《しらき》のテーブルも満席《まんせき》だよ。

「どうしましょう。こんなにも早《はや》く評判《ひょうばん》が広《ひろ》まるとは、思《おも》いもよりませんでしたわ。」

ティアーが白《しろ》い顔《かお》をくもらせたとたん、三人《にん》のイケメンさん、さっと集《あつ》まって。

「ご心配《しんぱい》なく。席《せき》をつくってもらうよう、われわれが交渉《こうしょう》してまいりますから。」

そういうと、三人《にん》は、ドアの鈴《すず》をチリリンと鳴《な》らしながら、お店《みせ》のなかへ。

「いかが、桃花《とうか》さん？　みなさん、紳士《しんし》でいらっしゃるでしょう？　ごちそうしていただくときは、だんぜん近衛兵《このえへい》がおすすめよ。桃花《とうか》さんも、おぼえておくといいわ。」

ティアーがそういったときだった。

「ナンパした男子《だんし》におごらせるなんて、王立魔女学校《おうりつまじょがっこう》も、落《お》ちぶれたもんねぇ。」

うしろから声《こえ》がした。ぎょっと、ふりかえると、そこには女《おんな》の子《こ》が五人《にん》立《た》っていて。

年《とし》はあたしたちと同《おな》じぐらい。みんな、おそろいの服《ふく》を着《き》ている。青《あお》いブラウスに銀色《ぎんいろ》のスカート。黒《くろ》いタイツによごれひとつない、まっ白《しろ》なブーツ。

「や、やばい、私立《しりつ》ブラックウィッチ学園《がくえん》のやつらだ……。」

マガズキンのほっぺがぴくぴくしている。それを見《み》て、女《おんな》の子《こ》たち、にやり。

「あらあら、『やばい。』だなんて、とても貴族《きぞく》の娘《むすめ》とは思《おも》えない言葉《ことば》づかいね。」

「しかたないわよ。貴族《きぞく》っていったって、没落貴族《ぼつらくきぞく》ですものね。」

ものすごく、トゲのあるいいかた。そういえば、私立《しりつ》ブラックウィッチ学園《がくえん》の人《ひと》たちは、王立魔女学校《おうりつまじょがっこう》にけんか腰《ごし》だって聞《き》いたけど、なるほど、こういうことなのね。

「没落貴族《ぼつらくきぞく》どころか、最近《さいきん》じゃ、ほんものの貧乏人《びんぼうにん》の娘《むすめ》も入学《にゅうがく》させてるそうよ。」

「あら、最近《さいきん》じゃないわ。校長《こうちょう》だって、魔神第《まじんだい》三階級《かいきゅう》の家《いえ》の出《で》らしいわよ。」

「それ、死霊《しりょう》の頭《かしら》でしょう？　校長《こうちょう》がそんなじゃ、学校《がっこう》のレベルもたかが知《し》れてるわね。」

その瞬間《しゅんかん》、かちんときた。で、気《き》がついたときには、あたしは、一歩前《ぽまえ》へ。

「メリュジーヌ先生《せんせい》のことを、悪《わる》くいわないでくださいっ！」

「おい、桃花《とうか》、やめろって……。」

うしろで、マガズキンがあわててる。でも、あたしは聞《き》く耳持《みみも》たず。

「メリュジーヌ先生《せんせい》は、いい先生《せんせい》です。階級《かいきゅう》がどうとか、あたしにはよくわからないけど、ほんとうにいい先生《せんせい》ですからっ。」

そうしたら、ブラックウィッチ学園《がくえん》の生徒《せいと》たちの顔色《かおいろ》が変《か》わった。

「なに、この子《こ》。あたしたちに、けんかを売《う》る気《き》？」

なんですって？　いいがかりをつけてきたのは、そっちじゃないの。

「桃花《とうか》さん、やめましょうよ。かかわりあいになったら、たいへんですわ……。」

「なにいってるの、ティアー。メリュジーヌ先生《せんせい》が、ばかにされてるんだよ。だまってるなんて、できないよ！」

あたしが、いいかえすと、青《あお》い制服女子《せいふくじょし》たちが、そろって近《ちか》づいてきた。

「あなた、桃花《とうか》っていうの？　いい度胸《どきょう》してるじゃない。」

「ほんと。だったら、あたしたちと黒魔法勝負《くろまほうしょうぶ》しない？」

黒魔法勝負《くろまほうしょうぶ》？

「黒死呪文《こくしじゅもん》のかけあいっこなんて、どうかしら？」

うしろで、マガズキンが、ひっと息《いき》をのむのが聞《き》こえた。

「桃花《とうか》、ほんとにやめようよ。あたしたちは黒魔女三級《くろまじょさんきゅう》なんだ。黒死呪文《こくしじゅもん》なんか、かけられたら、無事《ぶじ》じゃすまない……。」

「それに、街《まち》で黒死呪文《こくしじゅもん》をかけたなんて、学校《がっこう》に知《し》れたら、まちがいなく退学《たいがく》ですわ！」

退学《たいがく》？　そ、それはまずいかも……。

「だからさ、桃花《とうか》。とりあえず、逃《に》げようよ……。」

う、うん。考《かんが》えてみれば、三人対五人《にんたいにん》じゃ、勝負《しょうぶ》にならないし。くやしいけど、ここはマガズキンのいうとおりにしよう。

「よし、桃花《とうか》、ティアー、走《はし》れ！」

あたしたちは、うしろもふりかえらず、ダッシュ！

「ちょっと待《ま》ちなさいよ！」

わっ、ブラックウィッチ学園《がくえん》の人《ひと》たち、追《お》いかけてきた！

「黒魔法勝負《くろまほうしょうぶ》するって、いったでしょ！」

そんな……。勝負《しょうぶ》するとは、まだいってないのに……。

「あの角《かど》を右《みぎ》へ！」

マガズキンがさけぶ。すかさず角《かど》を曲《ま》がると、そこはさらにせまい路地《ろじ》。

「逃《に》がさないわよ！」

両側《りょうがわ》にそそりたつレンガのかべに、どなり声《ごえ》がこだましてる。

「ギューピッドがいないと、なにもできないの!?」

ギューピッド？ それって、ギューピッド先輩《せんぱい》のこと？

思《おも》わず、立《た》ち止《ど》まりそうになったとき。

「左《ひだり》に曲《ま》がるよ！」

マガズキンとティアーの姿《すがた》が、一瞬《いっしゅん》、消《き》えた。あわてて、角《かど》に飛《と》びこんで、二人《ふたり》に追《お》いつくと、マガズキンはまた右《みぎ》へ。

そんなふうに、せまくて、うす暗《ぐら》い路地《ろじ》を、走《はし》りつづけていたら、いつのまにか、追《お》いかけてくる足音《あしおと》も聞《き》こえなくなっていて。

「よ、よし、もうだいじょうぶかも……。」

マガズキンは、ぴたりと立《た》ち止《ど》まると、ひざに手《て》をついた。ティアーも、白《しろ》い顔《かお》をリンゴみたいにまっ赤《か》にして、肩《かた》で息《いき》をしてる。

「こ、こんなに走《はし》ったの、はじめてでしてよ。一時《いちじ》はどうなることかと思《おも》いましたわ……。」

ご、ごめんね。あたしが、つい、かっとなって、いいかえしたりするから、こんなことになっちゃって……。でも、マガズキンが、道《みち》にくわしくて、助《たす》かったよ。あたしひとりだったら、どうなっていたことか。

「あたしも知《し》らないよ。」

え？　そ、それじゃあ、でたらめに走《はし》ったとか……。

「だって、とりあえず、あいつら、ふりきらなくちゃいけないと思《おも》ってさ。」

うっそ、それじゃあ、どうやって魔女学校《まじょがっこう》に帰《かえ》ったらいいのか、わからないわけ？

「だね。それって、なんだかヘンゼルとグレーテルみたいだな、ふふっ。」

マガズキン、笑《わら》ってる場合《ばあい》じゃないよ！　見《み》て、空《そら》がすっかり暗《くら》くなってきてる。あたしたち、門限《もんげん》までに帰《かえ》らないと、たいへんなことになっちゃうよ。

「だいじょうぶだよ。ここは森《もり》じゃなくて、街《まち》なんだし。だれかに道《みち》をきけば……。」

ガラン、ガラーン～。ガラン、ガラーン～。

あ、あれ、日没《にちぼつ》を告《つ》げる鐘《かね》の音《おと》じゃ……。

こ、これじゃあ、帰《かえ》り道《みち》をきけたとしても、もう手《て》おくれ！　ど、どうしよう！

「いや、どうしようっていっても……。ほんと、どうしよう。」

さすがのマガズキンも、まっさおな顔《かお》で立《た》ちつくすばかりで……。

6　あやしい先輩《せんぱい》

「お二人《ふたり》とも、そんなに心配《しんぱい》なさらないで。」

うす暗《ぐら》い路地《ろじ》に、とつぜん、明《あか》るい声《こえ》が響《ひび》きわたった。

ティアー？　ど、どうしたの？　なんだか、よゆうしゃくしゃくの表情《ひょうじょう》をしてるけど。

「こんなこともあろうかと思《おも》って、あたくし、これを持《も》ってきましたの。」

ティアーが制服《せいふく》のポケットから出《だ》したのは、小《ちい》さなガラスびん。そのなかには、茶色《ちゃいろ》い水《みず》みたいなものが入《はい》っていて。

「ブラックエルダーの木《き》の皮《かわ》の煮汁《にじる》ですわ。」

え？　それって、まさか、移動魔法薬《いどうまほうやく》？

ヒルデガルト先生《せんせい》の授業《じゅぎょう》で習《なら》った、魔《ま》よけをかけられたりして、瞬間移動魔法《しゅんかんいどうまほう》が使《つか》えないときに役立《やくだ》つという……。

「魔女学校《まじょがっこう》には、黒魔法《くろまほう》をはねかえす魔力《まりょく》がかかっていますでしょう？　ですから、瞬間《しゅんかん》移動魔法《いどうまほう》を使《つか》って、しのびこむことはできませんの。だから、いつかきっと役《やく》に立《た》つこともあろうかと思《おも》って、エレオノーラ先輩《せんぱい》の目《め》をぬすんで、ことこと煮《に》こんだんですの。」

つ、つまり、それを飲《の》めば、門《もん》の閉《し》まった学校《がっこう》にも、入《はい》れる……。

マガズキンが、黒《くろ》ブチめがねをひくひくさせながら、とびあがった。

「すごいぞ、ティアー！　あ、そうだ！　ラプンツェルの話《はなし》を魔界昔話《まかいむかしばなし》にするとき、このネタ使《つか》ってもいいかな？　悪《わる》い魔女《まじょ》に、塔《とう》に閉《と》じこめられたラプンツェルも、ブラックエルダーの木《き》の皮《かわ》の煮汁《にじる》で、たちまち脱出《だっしゅつ》。めでたし、めでたしって！」

「そうですわ。それじゃあ、これはマガズキンさんのぶん。そして、これは桃花《とうか》さんの。マガズキン、創作《そうさく》のことは、いまはわすれて。とにかく、それを飲《の》んで早《はや》く帰《かえ》ろうよ。

で、あたくしは……。あら？」

どうしたの、ティアー。

「もうひとつは、どこに入《い》れたのかしら。胸《むね》ポケットじゃなければ、スカートのほうかも。あら、こちらにもないわ……。」

ティアーは、制服《せいふく》の上《うえ》を、ぽんぽんとたたいてる。その手《て》の動《うご》きが、どんどん速《はや》くなるにつれて、ほっぺが、ぽーっと赤《あか》くそまっていく。やがて、ぱたっと動《うご》きを止《と》めると、両《りょう》手《て》でお顔《かお》をおおってしまい。

「あ、あたくし、自分《じぶん》のぶんを、わすれてしまったようですわ……。」

えええーっ！　そ、そんなばかな！

「……桃花《とうか》さんのおっしゃるとおりですわ。あたくしったら、ほんとうに、おばかさん。お部屋《へや》で準備《じゅんび》をしたとき、『これはマガズキンさん、これは桃花《とうか》さん。』ってたしかめたけれど、そのとき、自分《じぶん》を数《かず》に入《い》れるのを、わすれてしまったようですの……。」

それを聞《き》いたマガズキン、へなへなとその場《ば》にしゃがみこんでしまい。

「まいったなぁ。それじゃあ、ひとりだけ、帰《かえ》れないってことじゃないか……。」

うん……。そういうことになるね……。だったら……。

「ねえ、ティアーとマガズキンは、移動魔法薬《いどうまほうやく》で学校《がっこう》にもどって。」

もとはといえば、あたしのせいだもの。私立《しりつ》ブラックウィッチ学園《がくえん》の人《ひと》たちにせまられたとき、短気《たんき》を起《お》こして、相手《あいて》を怒《おこ》らせたりしなければ、こうはならなかったわけだし。

「あたしはだいじょうぶよ。歩《ある》いて学校《がっこう》にもどるから。」

そうしたら、ティアーもマガズキンも、ぶるぶると、首《くび》をふりはじめた。

「そんなのいけませんわ！　だんぜん、あたくしが残《のこ》りますわ！　移動魔法薬《いどうまほうやく》を二つしか作《つく》らなかった、あたくしが悪《わる》いんですから！」

「だめだめ！　あたしたちは『フォカロル』で暮《く》らす仲間《なかま》なんだぞ。だれかが犠牲《ぎせい》になるなんてぜったいだめ！　そうだ、だったら、三人《にん》とも飲《の》まないっていうのは、どう？　三人《にん》そろって門限破《もんげんやぶ》り、三人《にん》そろって、しかられる！」

「それはいいですわね！　あたくし、その考《かんが》え、いっとう気《き》に入《い》りましてよ！」

……二人《ふたり》とも、なんていい人《ひと》たちなの。でも、悪《わる》いのはあたし。それじゃあ、あたしの気《き》がすまないよ。とはいえ、二人《ふたり》は、すっかり、その気《き》になってるし。どうしよう。

……あ、そうだ。こうすればいいかも。

あたしは、石畳《いしだたみ》の道《みち》を、見《み》まわした。すると、道《みち》ばたに、わらが何本《なんぼん》か落《お》ちている。あたしは、そこから、三本《ぼん》ひろいあげると、二人《ふたり》をふりかえった。

「だったら、くじびきにしない？」

そういいながら、あたしは、一本《ぽん》だけ、短《みじか》くちぎった。それから、長《なが》さをそろえて、にぎり、二人《ふたり》にさしだす。

「いちばん短《みじか》いのをひいた人《ひと》が、歩《ある》いて帰《かえ》るの。」

ティアーとマガズキンは、こまったように顔《かお》を見《み》あわせてる。

「なにをまよってるの？　これなら公平《こうへい》だし、移動魔法薬《いどうまほうやく》も、むだにならないでしょ？」

たたみかけるあたしに、二人《ふたり》は、しぶしぶうなずいた。

「わかったよ。じゃあ、ティアーから、ひきなよ。」

マガズキンにいわれて、ティアーがゆっくりと、三本《ぼん》のわらに手《て》をのばした。

そこで、あたしは、すかさず、口《くち》の中《なか》で、呪文《じゅもん》を唱《とな》えた。

「ルキウゲ・ルキウゲ・ゲットーネ。」

ティアーが、わらをぬいた。と、そのまゆ毛《げ》が、ハの字《じ》に。

「ああっ、あたくしのわら、長《なが》いですわ……。」

「じゃあ、当《あ》たりは、あたしかマガズキンね。」

あたしがさしだした二本《ほん》のわらを、マガズキンが、一本《ぽん》、すっとぬくと……。

「なんだぁ、はずれかぁ……。」

マガズキンも、がっくり。

「でも、ほんとにこれでいいのかなぁ。」

心配《しんぱい》そうな二人《ふたり》に、あたしは、にっこりとほほえんだ。

「いいのよ、これで。悪魔《あくま》ルシフェルさまは、ちゃんと責任《せきにん》をとるべき人《ひと》を、選《えら》んだってことだと思《おも》うわ。それより二人《ふたり》とも、いそいで移動魔法薬《いどうまほうやく》を飲《の》んで。」

★

じゃり、じゃり、じゃり……。

まっ暗《くら》な坂道《さかみち》に、砂利《じゃり》をふみしめる足音《あしおと》だけが、響《ひび》いてる。

マガズキンとティアー、無事《ぶじ》に魔女学校《まじょがっこう》についたかなぁ。

それにしても、大当《おおあ》たり魔法《まほう》、うまくかかって、よかった。黒魔法《くろまほう》でルームメイトをだますなんて、気《き》がひけたけど、ああでもしなくちゃ、二人《ふたり》とも納得《なっとく》しなかったろうし。

……それにしても、いま、何時《なんじ》だろ。移動魔法薬《いどうまほうやく》を飲《の》んだマガズキンとティアーが、すーっと姿《すがた》を消《け》したのは、もうだいぶまえのこと。あれから、あたしは、通《とお》りがかった人《ひと》に、魔女学校《まじょがっこう》への道《みち》を教《おし》えてもらって、路地《ろじ》をぬけ、大通《おおどお》りに出《で》て、街《まち》の外《そと》へ……。

だいぶ歩《ある》いたけど、まだ三時間《じかん》はたってないと思《おも》うのよね。いや、たっていないでほしい。だって、サバトがはじまるのは、日《ひ》がしずんでから、三時間後《じかんご》。それまでに、サバトの集会《しゅうかい》にまぎれこめば、あたしが門限《もんげん》を破《やぶ》ったことも、ばれないですむわけで。

とはいっても、問題《もんだい》は、どうやって学校《がっこう》のなかに入《はい》ったらいいかってこと。城門《じょうもん》で門番《もんばん》をしている青龍《ブルードラゴン》と白虎《ホワイトタイガー》が、門限《もんげん》におくれたあたしを、すなおに通《とお》してくれるとは思《おも》えないし。

じゃり、じゃり、じゃり……。

そういえば、この砂利《じゃり》も、あたしのこと、先生《せんせい》に告《つ》げ口《ぐち》するかもしれないし……。

「ルキウゲ・ルキウゲ・ニグロマンテ。」

え？　いま、だれかの声《こえ》が聞《き》こえたような……。

思《おも》わず、足《あし》を止《と》めて、声《こえ》がしたほうに目《め》をこらす。そこは、魔女学校《まじょがっこう》の外《そと》かべの真下《ました》。闇《やみ》のなかに、低《ひく》い木《き》と雑草《ざっそう》がしげっているのが、ぼんやりと見《み》える。でも、人《ひと》の姿《すがた》はなく。

「ルキウゲ・ルキウゲ・ニグロマンテ。」

ま、また！　それも黒魔法《くろまほう》の呪文《じゅもん》じゃないの。やっぱり、だれかいるんだ！

低《ひく》いけれど、若《わか》い女《おんな》の人《ひと》の声《こえ》みたい。でも、あんな呪文《じゅもん》、聞《き》いたことない。

だいたい、こんな時間《じかん》に、こんな暗《くら》いところで、なにやってるんだろ。

あたしは、声《こえ》のしたほうに近《ちか》よっていた。で、じっと、目《め》をこらすと。

いた！　うしろ姿《すがた》しか見《み》えないけど、木《き》のかげで、だれかが、すらっとした体《からだ》をまるめて、前《まえ》かがみになっている。髪《かみ》の毛《け》は、灰色《はいいろ》のような銀色《ぎんいろ》のような。それをきゅっとひっぱって、二つのおだんごにまとめていて。

「ルキウゲ・ルキウゲ・ニグロマンテ。おおっ、できたじゃんかよ！」

黒《くろ》い影《かげ》が、がばっと体《からだ》を起《お》こした。そのとたん、あたしは、あっと声《こえ》をあげちゃった。

だって、着《き》ているのは、赤《あか》と黒《くろ》のセーラーに黒《くろ》いネクタイ。そして、プリーツのミニスカート。魔女学校《まじょがっこう》の制服《せいふく》じゃないの！

「だ、だれだ！」

人影《ひとかげ》が、さっと、こっちをふりむいた。

陶器《とうき》の人形《にんぎょう》みたいな白《しろ》い顔《かお》。うす闇《やみ》のなかで、黄色《きいろ》い瞳《ひとみ》が、ぎらりと輝《かがや》いてる。

「……あ、あなたこそ、だれなの！」

あたしが、せいいっぱい強《つよ》がってみせると、白《しろ》い顔《かお》に、にんまりとした笑《え》みが浮《う》かんだ。

「なんだ、うちの生徒《せいと》か。っていうか、おまえ、一年坊主《ねんぼうず》だな。」

勝《か》ちほこったような声《こえ》をあげながら、闇《やみ》のなかからあらわれたのは、すごい美人《びじん》。でも、見《み》たことのない顔《かお》。どうやら、二年生《ねんせい》か三年生《ねんせい》らしく……。

「さては、門限破《もんげんやぶ》りだな？　一年《ねん》のくせに、いい度胸《どきょう》してんなぁ。」

なぞの上級生《じょうきゅうせい》は、にまにましながら、あたしのつまさきから頭《あたま》まで、じろじろ見《み》てる。

「で、どうやって学校《がっこう》に入《はい》るつもりなんだ？」

え？　い、いや、それは……。

「かーっ！　おまえ、そんなことも考《かんが》えずに門限破《もんげんやぶ》りをしたわけ？　むこうみずなやつだなぁ～。でも気《き》に入《い》ったぜ！　安心《あんしん》しな、あたしが学校《がっこう》のなかに入《い》れてやるから！」

は？

「心配《しんぱい》すんなって。あたしもさ、一年《ねん》のときからいままでずっと門限破《もんげんやぶ》りしてんだよ。でも、一回《かい》もばれてないんだぜ。すごくね？　ギヒヒヒ！」

な、なんなの、この下品《げひん》な笑《わら》い……。とても、王立魔女学校《おうりつまじょがっこう》の生徒《せいと》とは思《おも》えない。

「っていうかさ、あたしは、外出許可日《がいしゅつきょかび》じゃなくても、街《まち》に出《で》かけてるんだ。でも、やっぱり、ばれてないの。なんてったって、パーペキに秘密《ひみつ》のぬけ道《みち》を知《し》ってるからな。」

パ、パーペキ？

「『パーフェクト』と『完《かん》ぺき』で『パーペキ』！　おまえ、ギャグのセンスないだろ？」

はあ……。

「そのぬけ道《みち》っていうのは、食糧庫《しょくりょうこ》にあるんだ。あそこの奥《おく》のほうの床《ゆか》に、上《あ》げぶたがあってさ、その下《した》がワイン蔵《ぐら》なんだよ。」

え？　ちょっとまって。それってまさか、マガズキンがいってたあの話《はなし》じゃ……。

ところが、顔色《かおいろ》を変《か》えたあたしを見《み》て、なぞの上級生《じょうきゅうせい》は、急《きゅう》にへらへら笑《わら》いだして。

「あ、いまのは、なし。あたし、なーんにも、いってなーい！」

な、なんなの、この人《ひと》。

「それよりさ、おまえ、学校《がっこう》にもどりたいんだろ。あたしにまかしておきな。」

なぞの上級生《じょうきゅうせい》は、またうっそうと木《き》がしげるほうへ歩《ある》いていく。とりあえず、あたしも、あとをついていくと、おかしな先輩《せんぱい》は、一本《ぽん》の木《き》を指《ゆび》さした。

「知《し》ってつか？　これ、セイヨウニワトコの木《き》。別名《べつめい》、ブラックエルダーってんだ。」

ブラックエルダー？　それ、移動魔法薬《いどうまほうやく》の原料《げんりょう》になる木《き》……。

「そ。こいつの木《き》の皮《かわ》を煮《に》た汁《しる》を飲《の》むと、瞬間移動魔法《しゅんかんいどうまほう》と同《おな》じ効《き》きめがある。」

それも知《し》ってます。でも、ここで煮汁《にじる》を作《つく》ることなんて、できないんじゃ……。

すると、おかしな先輩《せんぱい》は、人《ひと》さし指《ゆび》をつきだすと、左右《さゆう》にふって。

「ちっ、ちっ、ちっ。んなもん、作《つく》る必要《ひつよう》はないの。いいか？　学校《がっこう》はすぐそこだ。」

銀髪《ぎんぱつ》のおだんごをゆらしながら、白《しろ》い顔《かお》が上《うえ》をむいた。はるか高《たか》みに、魔女学校《まじょがっこう》の木《き》のかべが見《み》える。

「このくらいの距離《きょり》なら、ブラックエルダーの木《き》の皮《かわ》をかむだけで、移動魔法薬《いどうまほうやく》としての効《き》きめがあるんだよ。」

ま、まさか。魔界薬草学《まかいやくそうがく》のヒルデガルト先生《せんせい》は、そんなこと、いってなかったけど。

「あったり前田《まえだ》のクラッカー！」

は？　また、よくわからないことを……。

「これは、あたしが発見《はっけん》したことなの。先生《せんせい》たちも知《し》らない、うらわざなの。」

なんですって！　先生《せんせい》たちも知《し》らないことを、この、おかしな先輩《せんぱい》は知《し》っているっていうわけ？　なんなの、この先輩《せんぱい》。なぞすぎる……。

あっけにとられるあたしをよそに、先輩《せんぱい》は、白魚《しらうお》のようなきれいな指《ゆび》で、べりべりと、ブラックエルダーの幹《みき》から、木《き》の皮《かわ》をはがしはじめた。

「ほら、これをかめ。かなり苦《にが》いけど、がまんしろ。門限破《もんげんやぶ》りがばれて、濡烏先生《ソークロウせんせい》にしめあげられるよりは、一万倍《まんばい》ましなんだからさ。」

先輩《せんぱい》は、ひとりでまくしたてると、自分《じぶん》も木《き》の皮《かわ》を口《くち》へ。でも、ふと、その手《て》を止《と》めて。

「おっと、いけない。こいつをわすれたら、意味《いみ》ないじゃん。」

急《きゅう》に地面《じめん》にしゃがみこむと、よっこらどっこいしょと、オヤジみたいなかけ声《ごえ》をかけて、なにかを持《も》ちあげた。

見《み》ると、それは、大《おお》きなバケツ。なかにはたっぷりのお水《みず》が入《はい》っている。

あれ？　大《おお》きなお魚《さかな》も入《はい》ってる。ブルーと銀色《ぎんいろ》が舞《ま》ったような体《からだ》に、大《おお》きな下《した》あご。それに、ふつうのお魚《さかな》よりも、ひれがたくさんついているみたいだけど……。

「あ、これ？　こいつはシーラカンス。」

シーラカンス？　先輩《せんぱい》が釣《つ》りあげたのかな？　でも、川《かわ》はずっとむこうのはずだけど。

「うん、たしかに、あたしが釣《つ》りあげたんだよ。でも、学校《がっこう》の中庭《なかにわ》の池《いけ》でな。」

ええ？　どういうこと？

目《め》をまるくするあたしに、先輩《せんぱい》は、ふーっと、ためいきをついて。

「こいつはさ、メリュジーヌ校長《こうちょう》が大切《たいせつ》に飼《か》ってる魚《さかな》なんだよ。毎晩《まいばん》、『シーラカンスちゃん、お元気《げんき》ぃ？』なんて、変《へん》な声出《こえだ》して、エサをやったりしてさ。めっちゃウケるだろ？　だから、あたし、きのうの昼休《ひるやす》みに、ちょっとからかってやろうと思《おも》ってさ。」

なんでも、お昼《ひる》ごはんに使《つか》ったスプーンを釣《つ》りざおに、ガラガラヘビの黒焼《くろや》きを小《ちい》さな黒《くろ》いパンに変身《へんしん》させると、それを使《つか》って、シーラカンスを釣《つ》りあげたんだそうで。

「ほんとに釣《つ》るつもりはなかったんだよ。だけど、こいつ、ぱくっと食《く》いついてきたからさ、『こらぁ、がっついてんじゃないぜ！』って、ジュースのびんで、頭《あたま》をこつんって、たたいたんだ。そしたらさ、けさになってみたら、池《いけ》にぷかーっと、浮《う》いてやがんの！」

え？　でも、それ、死《し》んでるってことですよね。だけど、バケツのなかのお魚《さかな》、ちゃんとえらをぱくぱくさせてますけど。

「だぁかぁらぁ、いま生《い》きかえらせたの。まあ、こんな黒魔法《くろまほう》かけるの、あたしもはじめてだから、いつまでもつか、わかんないけど。でも、今晩《こんばん》、先生《せんせい》がエサをやるときまで、動《うご》いててくれりゃ、とりあえず、あたしのアリバイは成立《せいりつ》。自然《しぜん》に死《し》んだことになるだろ？」

もう、なにがなんだか、わからなかった。スプーンを釣《つ》りざおに変身《へんしん》させるとか、死《し》んだ魚《さかな》を生《い》きかえらせるとか、そんな黒魔法《くろまほう》、習《なら》ったこともなければ、聞《き》いたこともない。

「おい、いまの話《はなし》はぜったいに秘密《ひみつ》だぞ。暗御留燃阿《あんごるもあ》だって、だまっててくれるって、いってるし。おまえも、お口《くち》にチャック、手《て》はおひざ。なにかきかれても、『シーラカンスのことなんか、しーらないざんす。』ってな！　ギヒヒヒ！」

がくっ。また意味不明《いみふめい》のギャグ。だいたい、秘密《ひみつ》にしたいのなら、そんなに細《こま》かく話《はな》さ

なければいいのに。ほんとに、変《へん》な先輩《せんぱい》。いったい、なんていう名前《なまえ》なんだろ。

でも、あたしがたずねるより先《さき》に、先輩《せんぱい》は、木《き》の皮《かわ》を、ぱっとくわえた。

「ほら、おまえもかめ！　しっかり学校《がっこう》のかべを見上《みあ》げろよ！　よそ見《み》してると、とんでもないところに移動《いどう》しちまうぞ！」

は、はい……。

うっ、ほ、ほんとに苦《にが》い……。でも、学校《がっこう》にもどるためだもの、がまん、がまん……。

★

次《つぎ》の日《ひ》。

朝《あさ》ごはんのあと、食堂《しょくどう》から部屋《へや》へと回廊《かいろう》を歩《ある》きながら、ティアーとマガズキン、そして、あたしの三人《にん》は、ひそひそ話《ばなし》。

「ほんとに、なにごともなくて、よかったですわ。」

「だよなぁ。桃花《とうか》が、あの城門《じょうもん》をよじのぼるなんて、想像《そうぞう》もつかないよ。」

そう、あたしは、二人《ふたり》にうそをついた。

夜《よる》、城門《じょうもん》についたら、門番《もんばん》の青龍《ブルードラゴン》と白虎《ホワイトタイガー》が寝《ね》ていた。なので、そのすきに、こっそり城門《じょうもん》をよじのぼって、学校《がっこう》にもどったってね。

だって、ほんとうのことなんて、いえるはずない。ブラックエルダーの木《き》の皮《かわ》をかんで、学校《がっこう》にもぐりこんだなんていえば、あのおかしな先輩《せんぱい》のことも、話《はな》さなくちゃいけなくなるわけだし、そうなれば、秘密《ひみつ》にするって約束《やくそく》を、破《やぶ》ることになるもの。

「とにかく、きのうのことは、あたしたち三人《にん》だけの秘密《ひみつ》ね。」

あたしがそういったとき、回廊《かいろう》のかたすみで、おしゃべりをしている一年生《ねんせい》グループの声《こえ》が耳《みみ》に飛《と》びこんできた。

「メリュジーヌ先生《せんせい》がかわいがってるシーラカンス、けさ、死《し》んじゃったんだってよ。」

「それも、だれかに釣《つ》りあげられたショックで、死《し》んだんだって。」

え？　シーラカンスが釣《つ》りあげられた？　それって、ゆうべの……。

思《おも》わず足《あし》を止《と》めたあたしを、マガズキンとティアーが、ふしぎそうな顔《かお》で見《み》つめた。

「桃花《とうか》、どうかしたのか？」

そこへ、むこうから、ビルトが、風《かぜ》のように走《はし》ってきた。

「大《だい》ニュース、大《だい》ニュース！　犯人《はんにん》がわかったんだって！」

「うっそ！　いったい、だれなの？」

「三年《ねん》のギュービッド先輩《せんぱい》よ！」

なんですって！　そ、それじゃあ、あの人《ひと》が、うわさのギュービッド先輩《せんぱい》？　そういわれてみれば、たしかに、『シーラカンスのことなんか、しーらないざんす。』なんて、わけのわかんない、オヤジギャグを飛《と》ばしてた……。

「ねえ、どういうこと？　ギュービッド先輩《せんぱい》が、なにをしたわけ？」

思《おも》いがけないニュースに、マガズキンとティアーも、たちまち、おしゃべりの輪《わ》に参《さん》加《か》。ビルトも、あたしたちがライバルなのもわすれて、まくしたてはじめた。

「校長先生《こうちょうせんせい》が、あの中庭《なかにわ》の池《いけ》で飼《か》っていたシーラカンスを、きのうのお昼休《ひるやす》みに、ギュービッド先輩《せんぱい》が、悪《わる》ふざけで釣《つ》ったんだって。」

「まあ、おそろしいことをなさるのね。それで、どなたかに見《み》られてしまったのね？」

「ちがうのよ。ふしぎに思《おも》った校長先生《こうちょうせんせい》が、黒魔法《くろまほう》で調《しら》べてみたら、犯人《はんにん》がギュービッド先輩《せんぱい》だって、わかったんだって。」

「まあ、いったいどんな黒魔法《くろまほう》ですの？」

「知《し》らないわよ。校長先生《こうちょうせんせい》だもの、きっとすごい黒魔法《くろまほう》よ。とにかく、メリュジーヌ先生《せんせい》は、かんかんになって、いま、先輩《せんぱい》を校長室《こうちょうしつ》に呼《よ》びつけたところよ。」

「そ、それで、ギュービッド先輩《せんぱい》はどうなるの？　まさか、退学《たいがく》？」

「ふつうならね。でも、暗御留燃阿《あんごるもあ》先輩《せんぱい》が、いっしょうけんめいに、校長先生《こうちょうせんせい》をなだめてるって話《はなし》。メリュジーヌ先生《せんせい》は、暗御留燃阿《あんごるもあ》先輩《せんぱい》のこと、すっごくかわいがってるでしょ。だから、たぶん、退学《たいがく》にはならないんじゃないかなぁ。」

「そっかぁ。暗御留燃阿《あんごるもあ》先輩《せんぱい》とギュービッド先輩《せんぱい》、すごく仲《なか》のいい親友《しんゆう》だもんね。」

暗御留燃阿《あんごるもあ》。ギュービッド先輩《せんぱい》も、その名前《なまえ》のこと、いってたっけ。

「だけどさ、ふしぎだよね。あんなに、きれいで、ぶっちぎりの優等生《ゆうとうせい》の暗御留燃阿《あんごるもあ》先輩《せんぱい》が、よりによって、札付《ふだつ》きの不良黒魔女《ふりょうくろまじょ》のギュービッド先輩《せんぱい》と親友《しんゆう》だなんて。」

札付《ふだつ》きの不良黒魔女《ふりょうくろまじょ》……。

「だよねぇ。ギュービッド先輩《せんぱい》、私立《しりつ》ブラックウィッチ学園《がくえん》の子《こ》と、しょっちゅうけんかしてるらしいし。それも、ぼっこぼこにしちゃうんだってよ。」

「そうそう。それで、三回《かい》も授業《じゅぎょう》に出席停止《しゅっせきていし》にさせられたらしいよ。」

私立《しりつ》ブラックウィッチ学園《がくえん》の子《こ》と、けんか……。ぼっこぼこ……。出席停止《しゅっせきていし》……。

ギュ、ギューピッド先輩《せんぱい》って、そんなこわい人《ひと》だったんだ。

ゆうべの態度《たいど》から、とてもそんな感《かん》じはしなかったけど。でも、言葉《ことば》は乱暴《らんぼう》だったたし、笑《わら》いかたも下品《げひん》だったたし。なにより、わけのわからない黒魔法《くろまほう》をかけてたし……。

あたしは、そっと、おしゃべりの輪《わ》から遠《とお》ざかった。

ギューピッド先輩《せんぱい》には、近《ちか》づかないようにしよう……。

ただでさえ、あたしは成績《せいせき》がよくないんだもの。このうえ、ギューピッド先輩《せんぱい》に、門限《もんげん》破《やぶ》りを助《たす》けてもらったなんて、みんなや先生方《せんせいがた》に知《し》れたら、あたしまで、不良黒魔女《ふりょうくろまじょ》にされかねない……。

7 進級《しんきゅう》テスト

三月《がつ》になった。

「……人間《にんげん》というものは、オカルト現象《げんしょう》に非常《ひじょう》に興味《きょうみ》を持《も》つものですが、その一方《いっぽう》で、とてもうたぐり深《ぶか》い性質《せいしつ》も持《も》っています。」

アーチの波《なみ》うつ低《ひく》い天井《てんじょう》に、しわがれ声《ごえ》がこだまする。教室《きょうしつ》の前《まえ》で授業《じゅぎょう》をしているのは、ブラヴァツキー夫人《ふじん》。足《あし》どりもおぼつかないほどの、しわくちゃのおばあさん先生《せんせい》だけど、悪霊降霊術《あくりょうこうれいじゅつ》にかけては、火《ひ》の国《くに》で一、二を争《あらそ》うという実力者《じつりょくしゃ》らしい。

「ですから、降霊会《こうれいかい》が大好《だいす》きなくせに、われわれ黒魔女《くろまじょ》が、ほんものの霊《れい》を召喚《しょうかん》したところで、いんちきだ、とか、ぜったいにしかけがあるとか、文句《もんく》をつけたがるものです。そこで、いままでの授業《じゅぎょう》で、人間《にんげん》を納得《なっとく》させる方法《ほうほう》を、いくつか教《おし》えてきましたね。」

みんな、真剣《しんけん》な表情《ひょうじょう》で、先生《せんせい》の話《はなし》を聞《き》いてる。いつもは、かくれて魔界昔話《まかいむかしばなし》とやらを書《か》いているマガズキンでさえ、せっせとノートをとっていて。

それもそのはず。二週間後《しゅうかんご》には、進級《しんきゅう》テストが待《ま》ってる。それに合格《ごうかく》しないと、落第《らくだい》。もういちど、一年生《ねんせい》のはじめからやりなおしになっちゃうわけで。

衝撃《しょうげき》の門限破《もんげんやぶ》り事件《じけん》から、六か月《げつ》。マガズキンとティアーも、がんばってくれて、『最低《さいてい》の部屋《へや》』になることもなくなったし、サバトの外出許可日《がいしゅつきょかび》にも、もちろん、門限《もんげん》をきちんと守《まも》ってきた。

あたしも、いっしょうけんめいに勉強《べんきょう》した。授業《じゅぎょう》のない時間《じかん》も、魔法図書館《まほうとしょかん》に行《い》って、予習《よしゅう》と復習《ふくしゅう》の毎日《まいにち》。魔女学校《まじょがっこう》に定期《ていき》テストはないから、成績《せいせき》が上《あ》がったかどうか、自分《じぶん》ではよくわからない。でも、授業《じゅぎょう》にはちゃんとついていけるようになった。それに……。

「桃花《とうか》・ブロッサムさん。」

「はい。」

こうして、とつぜん先生《せんせい》にさされても、おたおたしなくなったし。

「人間《にんげん》にオカルト現象《げんしょう》を納得《なっとく》させる方法《ほうほう》のうち、いちばん効果的《こうかてき》なものはなんですか？」

「はい、霊《れい》に直接《ちょくせつ》、ふれさせることです。たとえば、霊《れい》の手《て》が顔《かお》をなでたり、あるいは、霊《れい》がひざの上《うえ》に乗《の》ってきたりすると、人間《にんげん》は心《こころ》の底《そこ》から恐怖《きょうふ》を感《かん》じるものです。」

「では、そのような方法《ほうほう》を、なんと呼《よ》びますか？」

「はい、『存在接触法《そんざいせっしょくほう》』です。」

ブラヴァツキー夫人《ふじん》の顔《かお》が、くしゃっとなった。

「たいへんけっこう。よく復習《ふくしゅう》しているようですね。」

「ありがとうございます。」

あたしが席《せき》につくと、ティアーが栗色《くりいろ》の髪《かみ》をゆらして、顔《かお》をよせてきた。

「桃花《とうか》さん、さすがですわ。いま、一年生《ねんせい》で、いっとうお勉強《べんきょう》ができるのは、桃花《とうか》さんではなくって？」

「そ、そんなことないよ。あたしなんて、まだまだだよ。」

そうはいってみたものの、ほめられると、やっぱりうれしい。

でも、これも、メリュジーヌ先生《せんせい》のアドバイスのおかげ。勉強《べんきょう》ができないこと、貴族《きぞく》の娘《むすめ》じゃないことを欠点《けってん》だと思《おも》うなら、それを長所《ちょうしょ》にしなさいって。そう、だから、あたし、こつこつがんばるしかないって、思《おも》えたんだもの。

そして、そんなアドバイスをもらえるきっかけをくれたのは、マガズキンとティアー。

ほんと、いいルームメイトにめぐまれたよなぁ。

「……さて、みなさん。今日《きょう》の授業《じゅぎょう》の最後《さいご》に、進級《しんきゅう》テストのポイントになりそうなことを、教《おし》えておきましょう。」

たいへん！　ぼうっとしてないで、ノートをとらなくちゃ。

「まず、呪文《じゅもん》をしっかりおぼえておくこと。みなさんが使《つか》える黒魔法《くろまほう》の呪文《じゅもん》だけでなく、初段黒魔女以上《しょだんくろまじょいじょう》の高等黒魔法《こうとうくろまほう》の呪文《じゅもん》もです。テスト問題《もんだい》に、知《し》らない呪文《じゅもん》が出《で》てきて、あわてるようなことがあってはいけません。」

「それから、ワンニャンプリタ一魔法《まほう》を使《つか》えるようにしたほうがいいでしょう。」

高等黒魔法《こうとうくろまほう》の呪文《じゅもん》のチェック、と。あとで、魔法図書館《まほうとしょかん》に行《い》って、まとめておこう。

え？

「進級《しんきゅう》テストの実技《じつぎ》で、出題《しゅつだい》されるかもしれませんよ。」

「あ、あのう……。」

あたしは、あわてて立《た》ちあがった。

「ワンニャンプリター魔法《まほう》は、濡烏先生《ソークロウせんせい》の授業《じゅぎょう》でいちおう習《なら》いましたけれど、でも、あれは一級黒魔法《きゅうくろまほう》だから、進級《しんきゅう》テストには出《で》ないだろうって、濡烏先生《ソークロウせんせい》が……。」

ところが、ブラヴァッキー夫人《ふじん》は、しわにふちどられた銀色《ぎんいろ》の瞳《ひとみ》を、きらり。

「見《み》えすいたうそにひっかかっているようでは、まだまだですね、桃花《とうか》・ブロッサム。」

う、うそ？　あたしのまわりでも、何人《なんにん》かの生徒《せいと》が、ざわついてる。

「濡烏先生《ソークロウせんせい》は生徒《せいと》を油断《ゆだん》させたんですよ。あなたがたも、魔女学校《まじょがっこう》に入《はい》ってもうすぐ一年《ねん》。濡烏先生《ソークロウせんせい》が、そういう性格《せいかく》だということぐらい、わかってもよさそうなもんですけど。」

そ、そうだったんだ……。

「もちろん、一級黒魔法《きゅうくろまほう》を完《かん》ぺきにできる必要《ひつよう》ありませんよ。でも、犬《いぬ》ネコのひとことぐらいは翻訳《ほんやく》できないと、二級黒魔女《きゅうくろまじょ》にふさわしい力《ちから》があるとはみとめられないでしょうね。」

ああ、そうなんだ……。どうしよう……。

★

「心配《しんぱい》すんなって、桃花《とうか》。ひとこと翻訳《ほんやく》できればいいんだろ？　まだ二週間《しゅうかん》もあるんだし、だいじょぶ、だいじょぶ。」

お部屋《へや》にむかって回廊《かいろう》を歩《ある》きながら、マガズキンがはげましてくれた。

「ありがとう。でもなぁ……。」

ワンニャンプリター魔法《まほう》は、犬《いぬ》やネコの鳴《な》き声《ごえ》を、あたしたちにわかるような言葉《ことば》に翻《ほん》訳《やく》するという、一見《いっけん》、ほのぼのとした黒魔法《くろまほう》。でも、動物霊《どうぶつれい》をあやつるために、ぜったいに必要《ひつよう》なものでもあるんだよ。なのに、あたしは、ぜんぜんできなくて……。

それにくらべて、マガズキンもティアーも、ひとことどころか、もうちょっとで、犬《いぬ》ネコちゃんと会話《かいわ》ができるんじゃないかっていうぐらいの力《ちから》がある。なんでも、子《こ》どものとき、ペットと遊《あそ》んでいるうちに、しぜんにおぼえたらしい。

はあ、やっぱり、貴族《きぞく》のお嬢《じょう》さまたちは、ちがうなぁ……。

って、これがだめなのよね。気《き》にするぐらいなら、自分《じぶん》にできることをやらなくちゃ。

「マガズキンもティアーも、先《さき》にお部屋《へや》にもどっていて。あたし、魔法図書館《まほうとしょかん》に行《い》って、ちょっとお勉強《べんきょう》してくるから。」

そういって、あたしは、二人《ふたり》と別《わか》れた。

回廊《かいろう》をはずれて、魔法図書館《まほうとしょかん》につづく坂道《さかみち》を、ひとりでのぼっていくと、あちこちに、一年生《ねんせい》や二年生《ねんせい》が、集《あつ》まっているのが見《み》えた。午後《ごご》の授業《じゅぎょう》のあとからお夕飯《ゆうはん》までは、貴重《きちょう》な自由時間《じゆうじかん》。のんびりとおしゃべりを楽《たの》しめるのも、このときぐらいなわけで。

「……ねえ、フランカは、どの先輩《せんぱい》にアタックする？」

「暗御留燃阿《あんごるもあ》先輩《せんぱい》に決《き》まってるじゃない！　あたし、先輩《せんぱい》のベレー帽《ぼう》をいただくわ！」

「ええ？　だったら、あたしはネクタイにしようかなぁ。」

ああ、そういえば、あさっては卒業式《そつぎょうしき》だっけ。

王立魔女学校《おうりつまじょがっこう》では、卒業式《そつぎょうしき》のあと、在校生《ざいこうせい》は、それぞれ自分《じぶん》のあこがれの卒業生《そつぎょうせい》から、制服《せいふく》の一部《いちぶ》をもらうのが、流行《りゅうこう》というか、伝統《でんとう》になってるらしい。

でも、あたしは、だれかからなにかをもらうなんて、考《かんが》えたこともなくて。

「そういうミラベルはどうするの？」

「うーん、まだ決《き》めてない。だけど、ギュービッド先輩《せんぱい》だけはないかな。」

「そりゃそうだよ～。成績《せいせき》も態度《たいど》も最低《さいてい》の先輩《せんぱい》の制服《せいふく》なんて、ワッペンひとつだって、いらないよねぇ。」

ギューピッド先輩《せんぱい》……。

そういえば、六か月《げつ》まえのあの晩《ばん》から、姿《すがた》はもちろん、うわさも聞《き》いてない。って、近《ちか》づかないようにしようって、心《こころ》に決《き》めたから、あたりまえなんだけど。

でも、あんなふうにいわれるなんて、あいかわらずみたいね。たしかに、全身《ぜんしん》から、不《ふ》良黒魔女《りょうくろまじょ》オーラがあふれてたし。

あたしは、首《くび》をふりながら、魔法図書館《まほうとしょかん》にむかった。図書館《としょかん》の前《まえ》では、カイムさんという銅像《どうぞう》の前《まえ》で、制服《せいふく》のコウモリワッペンを見《み》せた。

「一年《ねん》の桃花《とうか》・ブロッサムです。魔法図書館《まほうとしょかん》に入《はい》ってもいいでしょうか？」

「どうぞう。」

そのとたん、あたしは、さっと背《せ》をむけた。というのも、カイムさんは、黒魔法《くろまほう》がかかった銅像《どうぞう》で、図書館《としょかん》の警備《けいび》をしてるんだけど、たいへんなおしゃべり好《ず》きなんだよ。しかも、へたにつきあうと、最後《さいご》にはひどいめにあうから、ぜったいに相手《あいて》にしちゃいけないの。

そそくさと立《た》ち去《さ》るあたしの背中《せなか》に、カイムさんの刺《さ》すような視線《しせん》を感《かん》じる。

視線《しせん》？　そういえば、ギュービッド先輩《せんぱい》の目《め》……。あの黄色《きいろ》い瞳《ひとみ》、乱暴《らんぼう》な言葉《ことば》づかいとは正反対《せいはんたい》に、とってもやさしそうな光《ひかり》をたたえていたような気《き》がする……。

って、そんなことより、いまはお勉強《べんきょう》に集中《しゅうちゅう》しなくちゃ。

あたしは、うす暗《ぐら》い図書館《としょかん》のなかに足《あし》をふみいれると、ずらりとならんだ書棚《しょだな》にむかって、呪文《じゅもん》を唱《とな》えた。

「ルキウゲ・ルキウゲ・チェルカーレ。『高等黒魔法《こうとうくろまほう》の呪文一覧《じゅもんいちらん》』をお願《ねが》いします。」

ごとん。

どこかで、低《ひく》い音《おと》がした。どうやら、三つ奥《おく》のたなみたい。で、そこへむかって歩《ある》いていくと、思《おも》ったとおり、あたしの身長《しんちょう》ほどもある、巨大《きょだい》な本《ほん》が、ふわふわと宙《ちゅう》に浮《う》いていた。あたしは、その前《まえ》に立《た》つと、もういちど、呪文《じゅもん》。

「ルキウゲ・ルキウゲ・アルタボチェラーレ。」

大《おお》きな木《き》の表紙《ひょうし》がふわりと開《ひら》くと、びっしりとならんだ文字《もじ》があらわれた。

うわぁ、こんなにたくさんの呪文《じゅもん》があるんだ……。おぼえられるかなぁ。

でも、進級《しんきゅう》テストに出《で》るんだものね。文句《もんく》をいってるひまがあったら、暗記《あんき》、暗記《あんき》！

『ルキウゲ・ルキウゲ・ベルテンポラーレ　お天気魔法《てんきまほう》　初段黒魔法《しょだんくろまほう》』

うん、これは知《し》ってる。

『ルキウゲ・ルキウゲ・チェネレントラーレ　変身魔法《へんしんまほう》　二級黒魔法《きゅうくろまほう》』

あ、これは知《し》らなかった。ええっと、メモメモ。

あたしは、ひとつひとつ、呪文《じゅもん》をチェックしては、知《し》らないものを、ノートに書《か》きとめていった。そうして、どれくらいたったときだろう。

『ルキウゲ・ルキウゲ・ニグロマンテ』

あれ？　これ、どこかで聞《き》いたような。でも授業《じゅぎょう》でじゃない。だったら、どこで……。

そうだ！　これ、ギュービッド先輩《せんぱい》が、つぶやいていた呪文《じゅもん》だよ。これで、シーラカンスを生《い》きかえらせたとかっていって。なんていう黒魔法《くろまほう》なんだろ。

『ルキウゲ・ルキウゲ・ニグロマンテ　死霊魔術《しりょうまじゅつ》　五段黒魔法《だんくろまほう》』

ええっ！　五段黒魔法《だんくろまほう》！

そんなばかな！　だって、魔女学校《まじょがっこう》の卒業生《そつぎょうせい》は、一級黒魔女《きゅうくろまじょ》か初段黒魔女《しょだんくろまじょ》なんだよ。なのに、どうして、ギュービッド先輩《せんぱい》は、五段黒魔法《だんくろまほう》なんか、使《つか》えるの！

あたしは、ぼうぜんとしたまま、図書館《としょかん》に立《た》ちつくすばかりだった。

★

「♪暗闇《くらやみ》の魔女界《まじょかい》に　妖《あや》しく光《ひか》る黒《くろ》い星《ほし》」

中庭《なかにわ》のむこうから、三年生《ねんせい》たちが歌《うた》う校歌《こうか》が聞《き》こえてくる。

今日《きょう》は卒業式《そつぎょうしき》。一年生《ねんせい》と二年生《ねんせい》も、どの先輩《せんぱい》からなにをもらうかで、そわそわ。でも、あたしはそんな気分《きぶん》にはなれず。だって、進級《しんきゅう》テストまで、あと一週間《しゅうかん》。しかも、あいかわらず、ワンニャンプリター魔法《まほう》がかけられなくて。

それで、ひとり、中庭《なかにわ》のはずれで、二羽《わ》のハトを相手《あいて》に奮闘中《ふんとうちゅう》。

「ルキウゲ・ルキウゲ・インテルプリテーレ！」

呪文《じゅもん》を唱《とな》えると、あたりは、白《しろ》い光《ひかり》につつまれた。それは、草《くさ》むらのあいだを、うろうろする、二羽《わ》のハトにまでとどいたはず。

ようし、こんどこそ、うまくいったんじゃない？

「クークル、ポッポー。クークル、ポッポー。」

「ホッホー。ホッホー。」

……ああ、やっぱりだめかぁ。

「♪熱《あつ》いハート（ハート！）　信《しん》じる心《こころ》（ビリーブ！）」

大《おお》きな歌声《うたごえ》が、日射《ひざ》しのあふれる回廊《かいろう》をめぐっている。

「♪不正《ふせい》を見《み》ぬふり（絶対《ぜったい》しない！）　友《とも》をうらぎる（ありえない！）」

ぴたりと閉《と》ざされた教室《きょうしつ》のとびらの外《そと》に、一年生《ねんせい》や二年生《ねんせい》たちが、集《あつ》まっているのが見《み》える。みんな、卒業式《そつぎょうしき》を終《お》えて出《で》てくる先輩《せんぱい》たちを、待《ま》っているところで。

「♪ああ　王立魔女学校《おうりつまじょがっこう》　ルキウゲ・ルキウゲ・ロフォカーレ！」

ひときわ大《おお》きな歌声《うたごえ》とともに、校歌《こうか》が終《お》わると、割《わ》れるような拍手《はくしゅ》がつづいた。そして、教室《きょうしつ》のとびらが開《あ》いたとたん、下級生《かきゅうせい》たちが、わっと、かけよっていく。

「卒業《そつぎょう》、おめでとうございます！」

「暗御留燃阿《あんごるもあ》先輩《せんぱい》、ベレー帽《ぼう》をください！」

「森川先輩《もりかわせんぱい》、ネクタイをください！」

うわぁ、先輩《せんぱい》たち、もみくちゃにされてる。あんなに熱《あつ》くなれるみんなが、ちょっとうらやましい。べつに、先輩《せんぱい》たちの制服《せいふく》がほしいわけじゃないけど、進級《しんきゅう》テストのことをくよくよ心配《しんぱい》する必要《ひつよう》がないなんて……。

いけない、いけない！　人《ひと》は人《ひと》、自分《じぶん》は自分《じぶん》。

あたしは、魔力《まりょく》が少《すく》ないんだから、人一倍《ひといちばい》、努力《どりょく》しなくちゃいけないのよ。

とにかく、もういちど、ワンニャンプリター魔法《まほう》に挑戦《ちょうせん》よ。

「ルキウゲ・ルキウゲ・インテルプリテーレ！」

「それじゃあ、だめだな。」

え？

ぎょっとしてふりかえると、すぐうしろに三年生《ねんせい》がひとり。すらりとした立《た》ち姿《すがた》。銀色《ぎんいろ》の髪《かみ》。雪《ゆき》のように白《しろ》い顔《かお》。黄色《きいろ》い瞳《ひとみ》……。

「ギュ、ギュービッド先輩《せんぱい》……。」

あたしは、あわてて立《た》ちあがると、ぺこり。

「こ、このたびは、ご卒業《そつぎょう》、お、おめでとうございます……。」

ところが、ギュービッド先輩《せんぱい》は、あたしのあいさつを無視《むし》。

「おまえさ、『成功《せいこう》させなきゃ！』って、むきになりすぎなんだよ。」

そういって、いきなりしゃがみこんだかと思《おも》うと、歩《ある》きまわるハトをのぞきこんだ。

「ルキウゲ・ルキウゲ・インテルプリテーレ！」

うわっ、なんなのこの光《ひかり》！　あたしとは、強《つよ》さが、まるでちがう！

「マタ、ジケンガ、オキタラシイネ。」

「コウチョウノカオ、マッサオダッタヨ。」

なんと、二羽《わ》のハトが、おしゃべりしているのが聞《き》こえる……。

「ワンニャンプリター魔法《まほう》はさ、『動物《どうぶつ》さん、お話《はなし》を聞《き》かせてくださいな。』っていう気持《きも》ちをこめなくちゃ。それと、ちゃんと、相手《あいて》の目《め》を見《み》ることな。」

な、なるほど……。

「ま、あとでやってみな。きっとできるからさ。」

「ありがとうございます！」

「べつにお礼《れい》なんかいらないぜ。っていうかさ、礼《れい》をいうのは、あたしのほうだし。」

先輩《せんぱい》があたしに？　どうして？

「あたしが死《し》んだシーラカンスに、死霊魔術《しりょうまじゅつ》をかけてたこと、おまえ、だまっててくれただろ？『♪友《とも》をうらぎる、ありえない！』って校歌《こうか》にもあるしさ。気《き》に入《い》ったぜ！」

ギュービッド先輩《せんぱい》は、黄色《きいろ》い瞳《ひとみ》をキラキラさせながら、あたしを見《み》つめてる。

「でさ、おまえにいいもの、やろうと思《おも》ってたんだ。」

あたしに？　いいもの？

「まあ、あたしも人気者《にんきもの》だしさ、おまえも、あたしのベレー帽《ぼう》がほしいだろうけど、あたしも魔女学校《まじょがっこう》の思《おも》い出《で》としてとっておきたいから、そうもいかないんだよ。」

い、いや、べつにあたしは、そんなことぜんぜん思《おも》ってない……。

「でな。そのかわりに、これをやるぜ。」

先輩《せんぱい》がポケットからとりだしたのは、茶《ちゃ》色《いろ》い筒《つつ》のようなもの。それぞれのまんなかから、ひもがつきだしてるけど、いったい、なんだろ？

「ダイナマイトだよ。」

ええっ？　それって、まさか、火《ひ》をつけ

ると爆発《ばくはつ》するという……。

「そ。だから、持《も》ち運《はこ》びには注意《ちゅうい》〜、だ！」

いや、そ、そんなおそろしいもの、いただいても……。

「えんりょするなって。おまえのためを思《おも》って、作《つく》ったんだからさ。」

先輩《せんぱい》が作《つく》った？　わざわざ、あたしのために？

「あたし、知《し》ってるんだぜ。マーボンのサバトのとき、門限《もんげん》に間《ま》にあわなかったのは、私《し》立《りつ》ブラックウィッチ学園《がくえん》ともめたからだって。」

ど、どうして、それを……。

「あいつらにからまれたら、ふつうは、『すいませーん！』って、逃《に》げ帰《かえ》るもんなのに、おまえ、黒死呪文勝負《こくしじゅもんしょうぶ》まで、受《う》けて立《た》とうとしたんだって？　でもな、黒死呪文勝負《こくしじゅもんしょうぶ》をするのは、あたしぐらいの実力《じつりょく》がないとな。おまえじゃ、まだ無理《むり》。」

はい、これから、気《き》をつけます。あのときは、つい、かっとなって……。

「それそれ。だから、このダイナマイトを、ポケットに入《い》れとけっていうの。」

ま、まさか、ブラックウィッチ学園《がくえん》の人《ひと》を、これで、ふっ飛《と》ばせというんじゃ……。

「ちがうって。これから、かっとなったときは、ポケットに手《て》をつっこんで、ダイナマイトをにぎるのさ。で、みんながふっ飛《と》んだところを想像《そうぞう》すると、それで怒《いか》りがおさまるってわけ。ま、ほんとにふっ飛《と》ばしたいなら、投《な》げてもいいけどな、ギヒヒヒ！」

ギュービッド先輩《せんぱい》……。

「そうやって、短気《たんき》なところをなんとかすれば、まじめな性格《せいかく》が生《い》きるってわけ。」

先輩《せんぱい》は、にたぁっと笑《わら》うと、くるりと背《せ》をむけた。

「じゃあな、せいぜいがんばれよ。」

中庭《なかにわ》から歩《あゆ》み去《さ》っていく先輩《せんぱい》に、あたしは、あわてて声《こえ》をかけた。

「あ、あの、ギュービッド先輩《せんぱい》！　ほ、ほんとにありがとうございました！」

先輩《せんぱい》は、ふりかえりもせず、右手《みぎて》をあげて、手《て》をふるだけ。

な、なんて、いい先輩《せんぱい》なの。聞《き》いてたうわさと、ぜんぜんちがうよ……。

「先輩《せんぱい》、あたし、このダイナマイト、ちゃんとポケットに入《い》れておきます。」

あたしは、遠《とお》ざかっていく背中《せなか》に、つぶやいた。

「コウチョウノ、シーラカンス、マタ、イナクナッタンダッテ。」

あれ？　ハトがしゃべってる。そうか、ギュービッド先輩《せんぱい》がかけた、ワンニャンプリター魔法《まほう》、まだ、かかったままなんだ。さすがは先輩《せんぱい》！　すごい魔力《まりょく》！

でも、シーラカンスが、またいなくなったって、どういうこと？

「ギュービッドガ、クロマホウデ、ケシタラシイヨ。」

あちゃあ。やっぱり、ギュービッド先輩《せんぱい》は、特別《とくべつ》な黒魔女《くろまじょ》さん……。

第《だい》二話《わ》　魔《ま》法《ほう》の鏡《かがみ》を育《そだ》てましょう

1 宿題《しゅくだい》

「……今日《きょう》からみなさんは、二年生《ねんせい》。一年《ねん》のときとはちがって、より深《ふか》い黒魔法《くろまほう》の使《つか》いかたを勉強《べんきょう》してもらうことになります。」

窓《まど》のない教室《きょうしつ》。ゆらめくろうそくの炎《ほのお》。アーチの波《なみ》うつ低《ひく》い天井《てんじょう》。

今日《きょう》は四月七日《がつなのか》。王立魔女学校《おうりつまじょがっこう》の新年度《しんねんど》授業《じゅぎょう》のはじまる日《ひ》。といっても、授業《じゅぎょう》があるのは、二年生《ねんせい》と三年生《ねんせい》だけなんだけどね、新入生《しんにゅうせい》の入学式《にゅうがくしき》は明日《あした》だから。

それにしても、もう一年《ねん》たつのかぁ。早《はや》いなぁ。

「みなさんの多《おお》くは、将来《しょうらい》、インストラクター黒魔女《くろまじょ》として、人間《にんげん》に取《と》り憑《つ》き、黒魔女《くろまじょ》にしたてあげる仕事《しごと》をするわけですが、といって、ただ人間《にんげん》に黒魔法《くろまほう》を教《おし》えれば、それですむというわけではありません。」

はきはきとした声《こえ》で授業《じゅぎょう》を進《すす》めるのは、今年《ことし》着任《ちゃくにん》したばかりのマルゲリート・パジョー先生《せんせい》。三十五歳《さい》。学校《がっこう》で教《おし》えるのははじめてだって、自己紹介《じこしょうかい》してたけど、すごく堂々《どうどう》としてる。四角《しかく》いお顔《かお》にも、がっちりとした鼻《はな》にも、自信《じしん》がみなぎっているというか。

それもそのはず、パジョー先生《せんせい》は、ついこのあいだまで、人間界《にんげんかい》でインストラクター黒《くろ》魔女《まじょ》として活躍《かつやく》していたんだそうで。

「人間《にんげん》というものはうたぐり深《ぶか》いものです。黒魔法《くろまほう》でオカルト現象《げんしょう》を再現《さいげん》してみせても、こちらの思《おも》いどおりに信《しん》じるとはかぎりません。でも、ある決《き》まったものやシチュエーションを利用《りよう》すると、あっけなく信《しん》じこんでくれます。ひとつ、例《れい》をみせましょう。」

パジョー先生《せんせい》は、黒《くろ》いマントを、ぱっとひるがえして、両手《りょうて》をあげた。

なんか、すごくかっこいい！

「ルキウゲ・ルキウゲ・アパレセール！」

あ、その呪文《じゅもん》はたしか、実体化魔法《じったいかまほう》。進級《しんきゅう》テストの勉強《べんきょう》をしたとき、おぼえたっけ。って、名前《なまえ》と呪文《じゅもん》だけだけどね。なんといっても、これは四段《だん》黒魔法《くろまほう》だから。

でも、なにを実体化《じったいか》させるんだろ。

先生《せんせい》が両方《りょうほう》の手《て》のひらを上《うえ》にむけた。そこには、ガラスの板《いた》が二枚《まい》。

「これは鏡《かがみ》です。じつは、人間《にんげん》は鏡《かがみ》にふしぎな力《ちから》があると思《おも》いこんでいます。そこで……。」

先生《せんせい》は、二枚《まい》の鏡《かがみ》をむかいあわせにした。

「ルキウゲ・ルキウゲ・エスペハーレ！」

呪文《じゅもん》を唱《とな》えた瞬間《しゅんかん》、二枚《まい》の鏡《かがみ》のなかを、黒《くろ》い影《かげ》がちらりと横切《よこぎ》った。頭《あたま》に小《ちい》さな角《つの》が二本《ほん》、そして、長《なが》いしっぽが生《は》えてたような……。

「い、いまのは、悪魔《あくま》ではありませんこと？」

となりで、ティアーがひきつった声《こえ》をあげた。すると、パジョー先生《せんせい》は、オレンジ色《いろ》の瞳《ひとみ》でにらみつけて。

「あなた、たしか、ティアーといったわね。」

「は、はい……。」

「魔女学校生《まじょがっこうせい》が、人間《にんげん》の少女《しょうじょ》みたいにおびえて、どうするの？」

「で、でも、あたくし、悪魔《あくま》の実物《じつぶつ》を目《め》にしたのは、はじめてですの……。」

「実物《じつぶつ》？　とんでもない！　いまのは、合《あ》わせ鏡魔法《かがみまほう》であらわれた、ただの幻《まぼろし》です。」

合《あ》わせ鏡魔法《かがみまほう》？　あたし以外《いがい》の生徒《せいと》たちも、きょとんとしている。そうしたら、パジョー先生《せんせい》、こんどは、はあっと、大《おお》きくためいきをついた。

「あなたたち、二級黒魔女《きゅうくろまじょ》なのに、合《あ》わせ鏡魔法《かがみまほう》も知《し》らないんですか。死《し》の国《くに》では、これが魔女学校《まじょがっこう》の入学試験《にゅうがくしけん》に出《だ》されるほどの、基本的《きほんてき》な黒魔法《くろまほう》ですよ。」

うっそ！　死《し》の国《くに》の魔女学校《まじょがっこう》って、そんなにレベルが高《たか》いの？　ああ、火《ひ》の国《くに》に生《う》まれてよかった。死《し》の国《くに》だったら、あたし、ぜったい入学《にゅうがく》できてなかったよ。

「……まあ、いいでしょう。こんな黒魔法《くろまほう》、おぼえようと思《おも》えば、いつでもおぼえられるんですから。それより、いま、これを見《み》せたのは、人間《にんげん》のあいだには、『合《あ》わせ鏡《かがみ》の悪《あく》魔《ま》』という伝説《でんせつ》があることを話《はな》したかったからです。」

『合《あ》わせ鏡《かがみ》の悪魔《あくま》』？　伝説《でんせつ》？

「見《み》てのとおり、鏡《かがみ》をむかいあわせにすると、それぞれの鏡《かがみ》に映《うつ》ったものが、たがいに映《うつ》りあって、まるで、鏡《かがみ》のなかに、無限《むげん》の通路《つうろ》ができたように見《み》えますね。」

ほ、ほんとだ。鏡《かがみ》のなかに鏡《かがみ》があって、そのなかにまた鏡《かがみ》がある……。

「十三日《にち》の金曜日《きんようび》、夜《よる》の十二時《じ》に、二枚《まい》の鏡《かがみ》をむかいあわせにし、そのなかをのぞくと、この無限《むげん》の通路《つうろ》の奥《おく》に悪魔《あくま》が姿《すがた》をみせる、そして、それを見《み》た者《もの》は悪魔《あくま》に取《と》り憑《つ》かれて死《し》ぬ。これが人間《にんげん》のあいだに伝《つた》わる『合《あ》わせ鏡《かがみ》の悪魔《あくま》』の伝説《でんせつ》です。」

へえ。って、感心《かんしん》している場合《ばあい》じゃないよね。メモメモっ！

「もちろん、これはただの作《つく》り話《ばなし》です。すべての人間《にんげん》が、この話《はなし》を信《しん》じているわけでもありません。それでも、みんな、心《こころ》のどこかで恐怖《きょうふ》を感《かん》じている。そこで、この合《あ》わせ鏡魔《かがみま》法《ほう》で、悪魔《あくま》の姿《すがた》をみせると、あっというまに服従《ふくじゅう》させることができます。」

『服従《ふくじゅう》させる』？　なんだか、いやないいかただなぁ。

「このように、インストラクター黒魔女《くろまじょ》が、取《と》り憑《つ》いた人間《にんげん》を支配《しはい》するには、まず、人間《にんげん》のさまざまな性質《せいしつ》、とくに、なにに恐《おそ》れをいだくのかを調《しら》べておくことが大切《たいせつ》なのです。」

こんどは『支配《しはい》する』だって。これも気《き》になるなぁ。

「はい、そこ！」

え？　そこって、どこ？　あれ？　先生《せんせい》のオレンジ色《いろ》の瞳《ひとみ》、まっすぐにあたしを見《み》つめてるけど、どうして？

「なにか質問《しつもん》したそうな表情《ひょうじょう》ね。どうぞ。えんりょなくききなさい。」

うっそ。あたしの表情《ひょうじょう》から、わかるの！　す、すごいなぁ……。

でも、疑問《ぎもん》に思《おも》ったのはほんとだし、先生《せんせい》も「えんりょなく」って、いってるんだし。

「……先生《せんせい》は、服従《ふくじゅう》とか、支配《しはい》とか、おっしゃいましたが、それでいいんでしょうか。」

そのとたん、みんなの目《め》が、いっせいにあたしに集中《しゅうちゅう》。でも、一度《いちど》飛《と》びだした言葉《ことば》を、自分《じぶん》でも止《と》めることはできず。

「人間《にんげん》の弟子《でし》に黒魔女修行《くろまじょしゅぎょう》をさせるなら、恐怖《きょうふ》でむりやりしたがわせるより、おたがいが信《しん》じあえるような関係《かんけい》をきずいたほうが、いいんじゃないかと思《おも》うんですが。」

マガズキンとティアーが、おろおろしながら、あたしにささやいた。

「……と、桃花《とうか》、パジョー先生《せんせい》は、現役《げんえき》のインストラクター黒魔女《くろまじょ》なんだぞ。」

「そうですわ。経験《けいけん》にもとづいて教《おし》えてくださっていることに、反論《はんろん》するなんて……。」

そうかもしれないけど、でもあたしは……。

先生《せんせい》のオレンジ色《いろ》の瞳《ひとみ》が、ぼわんと輝《かがや》いた。

「あなた、桃花《とうか》・ブロッサムね。メリュジーヌ校長《こうちょう》から聞《き》いていますよ、いろいろと。」

教室《きょうしつ》のみんなが、ごくっと息《いき》をのむ音《おと》がはっきりと聞《き》こえた。

ああ、やっぱり、しかられるのかな。でも、あたし、まちがったことをいってるつもりはないんだけど……。

「あなたは、入学以来《にゅうがくいらい》、いちばん成績《せいせき》がのびたそうですね。進級《しんきゅう》テストも、なかなかの成《せい》績《せき》だったとか。いまの言葉《ことば》を聞《き》いて、なるほど、そういわれるだけのことはあると思《おも》いましたよ。」

あれ？　先生《せんせい》の表情《ひょうじょう》、ゆるんでいるような……。

「桃花《とうか》・ブロッサム、あなたは、なかなかいいことをいいました。そうです。インストラクター黒魔女《くろまじょ》と人間《にんげん》の弟子《でし》は、おたがいに信《しん》じあえる間柄《あいだがら》でいることが理想《りそう》です。」

よ、よかった……。しかられずにすむみたい。

「ただし、それには時間《じかん》がかかります。相手《あいて》が人間《にんげん》であれ、魔界《まかい》の者《もの》であれ、たがいに信《しん》じあえる関係《かんけい》になるためには、相手《あいて》のことを理解《りかい》することが必要《ひつよう》です。人間《にんげん》がなにに恐怖《きょうふ》を感《かん》じるかということもね。わたしが出《だ》した宿題《しゅくだい》も、そういう意味《いみ》です。なにも、それを利用《りよう》して、むりやり人間《にんげん》をコントロールしろというわけではありません。また、それでうまくいくとはかぎりません。」

なるほど、そういうことか！　うーん、さすがは、インストラクター黒魔女《くろまじょ》の経験《けいけん》がある先生《せんせい》。すごくわかりやすい！

あたしの顔《かお》を見《み》たパジョー先生《せんせい》も、満足《まんぞく》そうにうなずいてる。

「さて、そこで宿題《しゅくだい》があります。これは、反対《はんたい》に、あなたがたが取《と》り憑《つ》いた人間《にんげん》に信頼《しんらい》してもらうためのものです。ただし、かなりむずかしいので、覚悟《かくご》してください。」

そういったかと思《おも》うと、パジョー先生《せんせい》は、また、黒《くろ》いマントをひるがえして。

「ルキウゲ・ルキウゲ・アパレセール！」

わっ、机《つくえ》の上《うえ》に、鏡《かがみ》があらわれた！

あたしだけじゃない。生徒《せいと》全員《ぜんいん》の机《つくえ》の上《うえ》に、四角《しかく》い鏡《かがみ》が一枚《まい》ずつ、おいてある。

「これは『つながりの手鏡《てかがみ》』です。正確《せいかく》には、そのための材料《ざいりょう》ですが。」

つながりの手鏡《てかがみ》？

首《くび》をかしげるあたしたちに、パジョー先生《せんせい》は、鏡《かがみ》を指《ゆび》さした。

「鏡《かがみ》をのぞきこんでごらんなさい。」

どういうことだろ？　自分《じぶん》の顔《かお》を見《み》ろってこと？

あれ？　顔《かお》が二つ、映《うつ》ってる。それも、マガズキンと、ティアーの顔《かお》！

「桃花《とうか》とティアーが映《うつ》ってる！」

「あたくしのほうは、マガズキンさんと桃花《とうか》さんですわ！」

あたしたちだけじゃない。うしろの列《れつ》で、ビルトが「ミラベルとフランカが！」って、そのとなりのフランカは「ビルトとミラベルが！」ってさけんだりで、もう教室《きょうしつ》は大騒《おおさわ》ぎ！

「しずかに！　みなさん、しずかに！」

パンパンッと、アーチの天井《てんじょう》に、パジョー先生《せんせい》の手《て》をたたく音《おと》が、こだました。

「ほんとに、こまった人《ひと》たちですね。ここは黒魔女《くろまじょ》を育《そだ》てる学校《がっこう》ですよ。鏡《かがみ》の魔法《まほう》のひとつや二つで、騒《さわ》ぐのはやめなさい。」

先生《せんせい》は、あきれたように、みんなを見《み》まわした。

「その鏡《かがみ》には、あなたがたのルームメイトの顔《かお》が映《うつ》るよう、黒魔法《くろまほう》をかけました。」

かけましたって、先生《せんせい》がひとりで？　十五枚《まい》の鏡《かがみ》に？　やっぱり、すごい……。

「みなさんには、その鏡《かがみ》をこれから『育《そだ》てて』もらいます。一年《ねん》かけて、じっくりと。」

鏡《かがみ》を『育《そだ》てる』？

「いま、その鏡《かがみ》には、ルームメイトの顔《かお》だけしか映《うつ》りません。けれども、ルームメイトとの信頼関係《しんらいかんけい》をきずいていくと、やがて、相手《あいて》がしていること、考《かんが》えていることが、そこに映《うつ》るようになります。それだけではありません。がんばり次第《しだい》で、目《め》の前《まえ》に相手《あいて》がいなくても、すべてが手《て》にとるようにわかるようになります。」

ぎょっと顔《かお》を見《み》あわせるあたしたちに、先生《せんせい》はほほえんだ。

「信《しん》じられませんか？ でも、これは人間界《にんげんかい》で働《はたら》くときには、ぜったいに必要《ひつよう》なことなのですよ。これがあれば、自分《じぶん》の目《め》のとどかないところで、弟子《でし》がなにをしているかを、ちゃんと知《し》ることができますからね。といって、監視《かんし》しようというわけではありませんよ。」

パジョー先生《せんせい》は、生徒《せいと》たちの机《つくえ》のあいだを歩《ある》きながら、声《こえ》をはりあげた。

「弟子《でし》がこまっていること、なやんでいること、うれしかったこと、かなしかったこと。それらを理解《りかい》するためです。そうすることで、インストラクター黒魔女《くろまじょ》と弟子《でし》は、心《こころ》と心《こころ》のつながりを持《も》つことができるんですよ。」

心《こころ》と心《こころ》のつながり。そうか、だから『つながりの手鏡《てかがみ》』なんだ。

「人間界《にんげんかい》に行《い》ったインストラクター黒魔女《くろまじょ》は、これを一瞬《いっしゅん》にして作《つく》るのですが、そうかんたんにできるものではありません。そこで、一年間《ねんかん》かけて、ルームメイトを相手《あいて》に練習《れんしゅう》をしてもらうのが宿題《しゅくだい》、いや、テストといったほうがいいかもしれませんね。」

パジョー先生《せんせい》は、そこでまた、みんなをぐるりと、見《み》まわした。

「わたしの授業《じゅぎょう》では、ペーパーテストはありません。そんなものができても、人間界《にんげんかい》で役《やく》に立《た》つわけではありませんからね。それよりも、一年後《ねんご》、その鏡《かがみ》を、ほんものの『つながりの手鏡《てかがみ》』に育《そだ》ててあげられるかどうか。それを学年末試験《がくねんまつしけん》とします。」

鏡《かがみ》を育《そだ》てることがテストなの？　で、できるかな？

「だいじょうぶだって、桃花《とうか》。あたしたちなら、楽勝《らくしょう》だね。」

マガズキンがあたしに顔《かお》をよせると、ティアーもうなずいた。

「そうですわ。『フォカロル』は、心《こころ》のつながりが、いっとう強《つよ》いお部屋《へや》ですもの。」

そうだね！　いまだってもう、あたしたち、おたがいの気持《きも》ち、ちゃんとわかる仲《なか》だものね！

すると、あたしたちの机《つくえ》の横《よこ》で、パジョー先生《せんせい》が、ふと足《あし》を止《と》めた。

「自信《じしん》があるようですね。気持《きも》ちがわかりあえる程度《ていど》では、合格《ごうかく》にはなりませんよ。」

どういうこと？

「『つながりの手鏡《てかがみ》』がほんとうに完成《かんせい》したかどうかは、相手《あいて》に危険《きけん》がせまったときにわかります。」

危険《きけん》がせまったとき？

「相手《あいて》が命《いのち》の危険《きけん》にさらされると、ほんものの『つながりの手鏡《てかがみ》』には、その姿《すがた》が映《うつ》らなくなるのです。」

「……あ、あのう。」

うしろで声《こえ》がした。ふりかえると、ビルトが、おずおずと手《て》をあげてる。

「いま、命《いのち》の危険《きけん》って、おっしゃいましたが、それは、あたしたちに、そんな危険《きけん》なことが起《お》きるということでしょうか……。」

い、いわれてみれば、そうだよ。命《いのち》の危険《きけん》だなんて、ぶっそうすぎるし……。

すると、パジョー先生《せんせい》、オレンジ色《いろ》の瞳《ひとみ》を、きらり。

「そうならないように、祈《いの》ってますよ。」

は？　意味不明《いみふめい》。っていうか、ぜんぜん答《こた》えになってない……。

でも、先生《せんせい》は、教室《きょうしつ》の前《まえ》にもどると、あたしたちをふりかえり。

「それでは、今日《きょう》の授業《じゅぎょう》を、これで終《お》わります。」

そういって、教室《きょうしつ》を出《で》ていった……。

★

「鏡《かがみ》を『育《そだ》てる』だなんて、変《か》わった宿題《しゅくだい》ですわねぇ。」

寄宿舎《きしゅくしゃ》のお部屋《へや》へむかって回廊《かいろう》を歩《ある》いていると、ティアーがぽつりとつぶやいた。

「そうだねぇ。だいたい、友《とも》だちが命《いのち》の危険《きけん》にさらされると、姿《すがた》が映《うつ》らなくなるなんて、どういう仕組《しく》みなんだろう。ほんと、ふしぎ……。」

あたしがうなずくと、となりでマガズキンが、肩《かた》をすくめた。

「そりゃ、魔法《まほう》の鏡《かがみ》だもの、ふしぎに決《き》まってるよ。お話《はなし》にもいろいろ出《で》てくるんだよ。」

マガズキンは、黒《くろ》ブチめがねをひくひく動《うご》かすと、得意《とくい》そうに語《かた》りはじめた。

「まずは、グリム童話《どうわ》の『白雪姫《しらゆきひめ》』に出《で》てくる『しゃべる鏡《かがみ》』だね。いじわるなお后《きさき》が、

『鏡《かがみ》よ、鏡《かがみ》。この世《よ》でいちばん美《うつく》しい人《ひと》はだぁれ？』ってきくとさ、最初《さいしょ》は『お后《きさき》さまです。』っていうんだけど、白雪姫《しらゆきひめ》が美《うつく》しい娘《むすめ》に育《そだ》つと、『お后《きさき》さまより、白雪姫《しらゆきひめ》のほうが、千倍美《ばいうつく》しいです。』っていうんだよ。」

へえ。でも、それって、ぜんぜんこわくないような。

「なにいってるんだよ、桃花《とうか》。いいか、それを聞《き》いたお后《きさき》は、白雪姫《しらゆきひめ》を殺《ころ》そうとするんだよ。めっちゃこわいじゃないか。」

でも、それはお后《きさき》がこわいんであって、鏡《かがみ》じゃないでしょ。

ところが、マガズキンは聞《き》く耳持《みみも》たず。

「それから、アンデルセンの『雪《ゆき》の女王《じょおう》』に出《で》てくる『悪魔《あくま》の鏡《かがみ》』もあるぞ。」

へえ、それは、名前《なまえ》からして、こわそうね。いったい、どんなものなの？

「悪魔《あくま》が鏡《かがみ》を作《つく》るんだ。美《うつく》しいものは汚《きたな》く、心《こころ》の清《きよ》らかな人《ひと》は怪物《かいぶつ》みたいに映《うつ》る、ふしぎな鏡《かがみ》をね。ところが、あるとき、この鏡《かがみ》が割《わ》れて、砂粒《すなつぶ》のような破片《はへん》が、人間界《にんげんかい》に降《ふ》りそそいだ。そして、その破片《はへん》が目《め》に入《はい》った人間《にんげん》は、どんなことも悪《わる》いことばかり目《め》につくように、破片《はへん》が心臓《しんぞう》に入《はい》った人間《にんげん》は、冷酷《れいこく》な心《こころ》を持《も》つようになっちゃうんだ。で……。」

マガズキンが、話《はなし》をつづけようとしたとき。

「新《しん》二年生《ねんせい》の桃花《とうか》・ブロッサムさん。」

あれ、だれか、あたしを呼《よ》んだ？　でも、まわりには、マガズキンとティアー以外《いがい》、だれもいないよ……。

「新《しん》二年生《ねんせい》の桃花《とうか》・ブロッサムさん。」

また、声《こえ》がした。でも、やっぱり、人影《ひとかげ》はなく……。

「校内放送《こうないほうそう》コウモリですわ。ほら、あの柱《はしら》をごらんになって。」

ティアーの指《ゆび》さすほうを見《み》ると……。あ、ほんとだ。回廊《かいろう》のアーチを支《ささ》える柱《はしら》の上《うえ》のほうに、黒《くろ》いコウモリが一羽《わ》、さかさまにぶらさがってる。

王立魔女学校《おうりつまじょがっこう》では、生徒《せいと》への連絡《れんらく》やお知《し》らせに、校内放送《こうないほうそう》コウモリを飛《と》ばすことになってるのは、もちろん知《し》ってるけど、なんなんだろ？

「メリュジーヌ校長《こうちょう》がお呼《よ》びです。至急《しきゅう》、校長室《こうちょうしつ》に来《き》てください。」

校長先生《こうちょうせんせい》が？　あたしを？　あたし、なんにも、悪《わる》いことしてないけど。

「あ、あのう、いったいなんのご用《よう》でしょうか……。」

パタパタパタ。

校内放送《こうないほうそう》コウモリさん、答《こた》えもせず、かわいた羽音《はおと》をたてて、飛《と》んでいっちゃった。

な、なんか、いやな予感《よかん》……。

「だいじょうぶだって。校長室《こうちょうしつ》での桃花《とうか》のこと、つながりの手鏡《てかがみ》で見《み》ておくからさ。」

「そうですわ。なにかあったら、すぐにかけつけましてよ。」

マガズキンもティアーも、目《め》を輝《かがや》かせながら、つながりの手鏡《てかがみ》をのぞいてる。まったく、さっきもらったばっかりの鏡《かがみ》で、急《きゅう》に、そこまで見《み》えるわけないのに。

って、そんなことより、ほんとになんなんだろ。ものすごく心配《しんぱい》です……。

2　思《おも》いがけない仕事《しごと》

回廊《かいろう》から校舎《こうしゃ》のなかに入《はい》ったとたん、うす闇《やみ》がまとわりついてきた。

廊下《ろうか》には、ドクロ形《がた》のろうそく立《た》てがずらり。まだお昼《ひる》まえだから、もちろん、ろうそくに火《ひ》は点《とも》されてないけど、そのせいか、かえってすごく不気味《ぶきみ》な感《かん》じがする。

カツカツカツ……。

大《おお》きくこだまする足音《あしおと》。まるで、それをとがめるかのように、ろうそく立《た》てのドクロの目《め》が、あたしを見《み》つめてくる。靴底《くつぞこ》からは、石《いし》の床《ゆか》の氷《こおり》みたいな冷《つめ》たさが伝《つた》わってくるし、空気《くうき》は、しめって、かびくさいし。

火《ひ》の国《くに》のなかでは、ここを〈世界《せかい》の果《は》ての魔女学校《まじょがっこう》〉と呼《よ》ぶ人《ひと》たちがいるらしいけど、それって、こういうふんいきのことをいうのかも。

なんてことを考《かんが》えてたら、とつぜん、黒《くろ》い霧《きり》のような闇《やみ》のむこうから、木《き》のとびらがあられた。床《ゆか》から天井《てんじょう》まである、巨大《きょだい》な木《き》のとびら。

校長室《こうちょうしつ》

大《おお》きなハエの姿《すがた》をした悪魔《あくま》ベルゼブルさまの彫刻《ちょうこく》の上《うえ》に、そう文字《もじ》が彫《ほ》られている。

ああ、緊張《きんちょう》する……。

まえにここへ来《き》たのは、去年《きょねん》の六月《がつ》。しかも、あのときは、消灯時間《しょうとうじかん》のあとに、魔力増強《まりょくぞうきょう》ワインで酔《よ》っぱらって、どなりこんじゃったのよね。それでも、メリュジーヌ先生《せんせい》は、あたしのことをしからなかったどころか、いろいろと教《おし》えさとしてくれた。

だけど、そのぶん、あたし、自分《じぶん》のしたことがはずかしくって、このあたりに足《あし》をふみいれることさえ、できなかったわけで……。

でも、いまは呼《よ》びだされたんだもの。とにかく、ノックしなくちゃ。

……でもなぁ。ほんとになんの用《よう》があるんだろ。すごく、こわい……。

大《おお》きく息《いき》を吸《す》いこんで、こぶしをにぎる。そして、おずおずとふりあげたとき。

「いつまで、そこにつっ立《た》ってるつもりだい？」

がばっと、とびらが開《あ》いた。目《め》の前《まえ》には、銀《ぎん》ブチめがねの細《ほそ》い顔《かお》。開《ひら》いたとびらの奥《おく》で、緑色《みどりいろ》の瞳《ひとみ》が光《ひか》ってる。

「メ、メリュジーヌ先生《せんせい》……。」

「早《はや》くお入《はい》り。もうすぐお昼《ひる》ごはんの時間《じかん》だからね、早《はや》いところ、話《はなし》をすませたいんだよ。」

は、はい……。

校長室《こうちょうしつ》に足《あし》をふみいれたとたん、上《うえ》から視線《しせん》を感《かん》じた。ぎょっと見上《みあ》げると、そこには、石造《いしづく》りのかべにかかった、たくさんの肖像画《しょうぞうが》。たしか、これは、歴代《れきだい》の校長黒魔女《こうちょうくろまじょ》たち。ただの絵《え》のはずなのに、その目《め》は、まるで、あたしを品定《しなさだ》めしているみたいで。

「そこにおかけ。」

いわれるままに腰《こし》をおろしたのは、去年《きょねん》と同《おな》じソファ。あざやかな曲線《きょくせん》を描《えが》く黒《くろ》い木《き》の枠《わく》、こんもりとふくらんだクッションはグリーンのベルベット、脚《あし》は猫脚《ねこあし》。

もう、見《み》るからに高級《こうきゅう》そうで、落《お》ちつかない……。

「なんだい、桃花《とうか》。その泣《な》きだしそうな顔《かお》は？」

反対側《はんたいがわ》のソファに腰《こし》をおろしたメリュジーヌ先生《せんせい》が、首《くび》をかしげた。

「……あのう、あたし、なにか悪《わる》いことしたでしょうか。」

「悪《わる》いこと？　おまえ、なにか、やらかしたのかい？」

いや、自分《じぶん》では、そんなおぼえはないんですけど……。でも、校長室《こうちょうしつ》にひとりで呼《よ》ばれるなんて、しかられるとか、お説教《せっきょう》されるとか、そういうことのはずで……。

すると、銀《ぎん》ブチめがねが、ぷるぷるっとふるえた。

「ふふふ。ほんとに、おまえは、バカ正直《しょうじき》というか、くそまじめな子《こ》だね。ま、そこを見《み》こんで、選《えら》んだのだけれど。」

選《えら》んだ？

「呼《よ》びだしたのはほかでもない。おまえに、新入生《しんにゅうせい》の生活監督官《せいかつかんとくかん》をやってもらおうと思《おも》ってるんだよ。」

ええっ？　あたしを生活監督官《せいかつかんとくかん》に？

「知《し》ってのとおり、生活監督官《せいかつかんとくかん》は、生徒《せいと》たちに寄宿舎生活《きしゅくしゃせいかつ》のきまりを守《まも》らせる係《かかり》。新入生《しんにゅうせい》からは煙《けむ》たがられながら、きまりを教《おし》えるのはたいへんな仕事《しごと》だよ。でも、そのぶん、学《がっ》校《こう》じゅうから、尊敬《そんけい》される存在《そんざい》にもなれる。」

メリュジーヌ先生《せんせい》は、緑《みどり》の瞳《ひとみ》を、きらきらさせてる。

「その証拠《しょうこ》に、生活監督官《せいかつかんとくかん》をつとめた生徒《せいと》は、たいてい、サバトの『高等女司祭《ハイ・プリーステス》』役《やく》に推《すい》薦《せん》されている。卒業《そつぎょう》した暗御留燃阿《あんごるもあ》もそうだったし、今年《ことし》も、おまえたちの生活監督官《せいかつかんとくかん》をつとめたエレオノーラに決《き》まったしね。」

『高等女司祭《ハイ・プリーステス》』

それは、サバトをとりしきる、黒魔女《くろまじょ》として最高《さいこう》の立場《たちば》。全校生徒《ぜんこうせいと》のなかでただひとり、国王陛下《こくおうへいか》や、黒魔女《くろまじょ》しつけ協会《きょうかい》のグラシュティグ会長《かいちょう》からも、じきじきにお言葉《ことば》をかけてもらえるという、王立魔女学校《おうりつまじょがっこう》の生徒《せいと》には、あこがれの役目《やくめ》でもある。

「わたしはね、おまえにも、ぜひそうなってもらいたいんだよ。どうだい、いい話《はなし》だろ？」

「……はい。すばらしいことだと思《おも》います……。」

「なんだい、桃花《とうか》。あまり、うれしそうじゃないね。」

まゆをひそめる先生《せんせい》に、あたしは、あわてて、首《くび》をふった。

「そ、そんなことはありません。ただ、どうして、あたしなのか、それがふしぎで。」

だって、暗御留燃阿《あんごるもあ》先輩《せんぱい》も、エレオノーラ先輩《せんぱい》も、貴族《きぞく》の娘《むすめ》さんだって、聞《き》いてる。それにひきかえ、あたしは、田舎《いなか》の農家《のうか》、それもとっても貧乏《びんぼう》な家《いえ》の子《こ》だし……。

「桃花《とうか》、いい黒魔女《くろまじょ》になるのに、家柄《いえがら》は関係《かんけい》ないと、話《はな》したはずだよ。」

「でも、成績《せいせき》が……。」

魔女学校《まじょがっこう》では、卒業《そつぎょう》まで成績《せいせき》は発表《はっぴょう》されない。でも、エレオノーラ先輩《せんぱい》は学年《がくねん》トップだっていううわさだし、暗御留燃阿《あんごるもあ》先輩《せんぱい》は、いちばんの成績《せいせき》で卒業《そつぎょう》した人《ひと》にだけあたえられる、無料《むりょう》で魔界《まかい》を旅行《りょこう》できるパス魔《ま》をもらってる。

だけど、あたしはちがう。学年《がくねん》一位《い》じゃないことぐらいは、自分《じぶん》でもわかってる。

「たしかに、おまえは成績優秀者《せいせきゆうしゅうしゃ》だけれど、トップじゃない。だから、おまえを生活監督官《せいかつかんとくかん》にすることに、先生方全員《せんせいがたぜんいん》が賛成《さんせい》というわけでもない。」

だったら、どうして……。

「おまえが、入学《にゅうがく》から一年間《ねんかん》で、いちばん成績《せいせき》がのびた生徒《せいと》だからだよ。おまえは努力《どりょく》した。わたしは、そこを買《か》ってるんだよ。わたしだけじゃない。エクソノーム先生《せんせい》も、おまえには、感心《かんしん》していたよ。」

エクソノーム先生《せんせい》が？　一年生《ねんせい》の授業《じゅぎょう》は担当《たんとう》なさっていなかったのに？

「おまえ、ワンニャンプリター魔法《まほう》が、まるでできなかったそうじゃないか。それが、進級試験《しんきゅうしけん》のときには完《かん》ぺきにできていたと。エクソノーム先生《せんせい》は、とてもほめていたよ。」

いや、あれは、卒業生《そつぎょうせい》のギュービッド先輩《せんぱい》のアドバイスのおかげで……。

それにしても、エクソノーム先生《せんせい》、ちゃんと見《み》ていてくださったんだ。一年《ねん》まえの入学式《にゅうがくしき》のときは、とってもこわそうだったけど、ほんとうは、やさしい方《かた》なんだね。こんどお会《あ》いしたら、お礼《れい》をいわなくちゃ。

「それは無理《むり》だよ、桃花《とうか》。エクソノーム先生《せんせい》は、ご都合《つごう》で学校《がっこう》をおやめになったから。」

わっ、メリュジーヌ先生《せんせい》に、心《こころ》を読《よ》まれた！

「お、おやめになったんですか？　ぜんぜん、知《し》りませんでした。」

「うん、急《きゅう》なお話《はなし》だったからね……。」

なんだろ。メリュジーヌ先生《せんせい》、なんだか苦《くる》しそうな表情《ひょうじょう》になったけど。でも、それも、ほんの一瞬《いっしゅん》のこと。先生《せんせい》は、ぎろりとあたしを見《み》つめて。

「とにかく、わたしは職員会議《しょくいんかいぎ》でおまえを推薦《すいせん》したんだよ。成績優秀《せいせきゆうしゅう》でまじめがとりえのおまえならできる。そう信《しん》じているからね。だから、桃花《とうか》。引《ひ》き受《う》けてくれるね？」

そういわれても、とても自信《じしん》がないよ……。

でも、そんなこと、もう口《くち》にできなかった。だって、メリュジーヌ先生《せんせい》が、わざわざ、あたしのことを推薦《すいせん》してくれたのに、期待《きたい》をうらぎることなんて、できない……。

「……わかりました。」

声《こえ》をおしだしたあたしに、メリュジーヌ先生《せんせい》は、にっこりとほほえんだ。

★

「うっそ！　すごいじゃん、桃花《とうか》！」

お昼休《ひるやす》み。

食堂《しょくどう》でお昼《ひる》ごはんを食《た》べていたマガズキンとティアーに、校長室《こうちょうしつ》でいわれたことを報告《ほうこく》したら、二人《ふたり》とも、とびあがった。それはもう、フォークを飲《の》みこみそうなぐらいのいきおいで。

「ルームメイトが生活監督官《せいかつかんとくかん》だなんて、あたくし、いままでの人生《じんせい》のなかで、いっとうほこらしいことですわ！」

ちょっと二人《ふたり》とも、そんな大声《おおごえ》を出《だ》さないでよ。みんなに聞《き》こえたら、どうするの？

「聞《き》こえたって、いいじゃないか。生活監督官《せいかつかんとくかん》に選《えら》ばれたってことは、勉強《べんきょう》、生活態度《せいかつたいど》、すべての面《めん》で、桃花《とうか》がいちばん優秀《ゆうしゅう》な二年生《ねんせい》だってことなんだからさ！」

「そして、三年生《ねんせい》では『高等女司祭《ハイ・プリーステス》』になることが決定《けってい》ということですわ！」

と、そのとき、一列《れつ》うしろに座《すわ》っていた女《おんな》の子《こ》が、くるっと、こっちをふりかえった。

「それはどうかしら。」

あ、ビルト……。

「なんだよ。どういう意味《いみ》だよ。」

立《た》ちあがるマガズキンに、ビルトが、にやり。

「そんなに、いきりたたないでよ。あたしはただ、ほんとに来年《らいねん》は『高等女司祭《ハイ・プリーステス》』になれるのかなって、疑問《ぎもん》に思《おも》っただけなんだから。」

「疑問《ぎもん》ですって？　どうしてですの？　あたくし、納得《なっとく》できませんわ。」

言葉《ことば》づかいはいつもどおりだけど、ティアーの声《こえ》は、怒《いか》りにふるえてる。

ああ、なんだか、おかしなことになってきちゃったような……。

去年《きょねん》の前半《ぜんはん》、あたしたち『フォカロル』の部屋《へや》は、『最低《さいてい》の部屋《へや》』を取《と》りつづけていたけれど、がんばったおかげで、そこから脱出《だっしゅつ》。かわりに、ビルトが班長《はんちょう》の『アモン』の部屋《へや》が、『最低《さいてい》の部屋《へや》』になっちゃったのよね。それを、ビルトは、うらんでいるらしくって、なにかとあたしたちに、つっかかってくるようになっちゃって。

「だって、そうではありませんこと？　いままでの『高等女司祭《ハイ・プリーステス》』は、みなさん、生活監《せいかつかん》督官《とくかん》の経験者《けいけんしゃ》ですのよ。暗御留燃阿《あんごるもあ》先輩《せんぱい》も、エレオノーラ先輩《せんぱい》もそうでしょう？」

でも、ビルトは肩《かた》をすくめて。

「それは、いままでの生活監督官《せいかつかんとくかん》には、進級《しんきゅう》テストの成績《せいせき》が学年《がくねん》トップの生徒《せいと》が選《えら》ばれてきたからよ。そして、どの先輩《せんぱい》も、二年生《ねんせい》でもトップをゆずらなかった。だから、生活監《せいかつかん》督官《とくかん》イコール高等女司祭《ハイ・プリーステス》みたいに思《おも》えただけ。でも、桃花《とうか》は一位《い》じゃない。でしょ？」

あたしが、うなずきかけたところを、マガズキンが割《わ》って入《はい》った。

「なんで、そんなことがわかるんだよ。進級《しんきゅう》テストの順位《じゅんい》は、発表《はっぴょう》されないのに。」

「でも、わかるのよ。トップは、『ゼパル』の部屋《へや》のエルマよ。」

「うそ、おっしゃい！」

いいかえすティアーの前《まえ》に、ビルトと同《おな》じ部屋《へや》のミラベルが立《た》ちはだかった。

「うそじゃないわ。あたしたち、知《し》ってるんだもの。」

「そうよ。いろいろと情報網《じょうほうもう》があるんだから。」

ミラベルのうしろから、声《こえ》をあげたのは、やっぱり同《おな》じ部屋《へや》のフランカ。

「ねえ、みんな、やめて。お願《ねが》いだから、あたしのことで、けんかなんかしないで。」

あたしが声《こえ》をあげると、ビルトが、しげしげとあたしの顔《かお》を見《み》つめた。

「桃花《とうか》、誤解《ごかい》しないでね。あたし、あなたのことを否定《ひてい》しているわけじゃないの。あたしがいいたいのはね、成績《せいせき》トップでもない桃花《とうか》が生活監督官《せいかつかんとくかん》に選《えら》ばれたのには、なにか特別《とくべつ》なわけがあるんじゃないかってこと。」

特別《とくべつ》なわけ？

目《め》をまるくするあたしに、ミラベルとフランカが、二人《ふたり》そろって、近《ちか》づいてきた。

「あのね、こんどの新入生《しんにゅうせい》に、すごいのがいるらしいのよ。」

「しかも、それが、メリュジーヌ先生《せんせい》の孫《まご》らしいんだって。」

ちょ、ちょっとまって。メリュジーヌ先生《せんせい》って、結婚《けっこん》してたの？　子《こ》どももいたわけ？

すると、ビルトが、あきれたようにためいきをついて。

「桃花《とうか》……。この学校《がっこう》で一年間《ねんかん》過《す》ごしてきて、そんなことも知《し》らなかったの？　ほんとに、くそまじめなのねぇ。」

いや、だって、そんなこと、話題《わだい》にもならなかったし……。

「メリュジーヌ先生《せんせい》のだんな様《さま》のことは、なぜだか秘密《ひみつ》にされているけど、その息子《むすこ》のディエゴさんは、とってもえらい方《かた》なのよ。ティアーは、よく知《し》ってるわよね？」

いきなり、なれなれしく話《はな》しかけられて、ティアーは、口《くち》をとがらせた。

「……ええ、存《ぞん》じあげてますわ。お城《しろ》で王宮配室長《おうきゅうはいしつちょう》をおつとめになられていますわ。」

王宮配室長《おうきゅうはいしつちょう》？

「お城《しろ》のお部屋《へや》の鍵《かぎ》を、全部《ぜんぶ》、持《も》っている人《ひと》のことですわ。ですから、会議《かいぎ》でも、パーティでも、舞踏会《ぶとうかい》でも、とにかく、お城《しろ》で開《ひら》かれるすべての行事《ぎょうじ》の責任者《せきにんしゃ》をつとめるという、たいへんな地位《ちい》の方《かた》ですの。」

「貴族《きぞく》でもないのにね。」

すかさず、ミラベルが口《くち》をはさんだ。

「ほんとうは、そういうお役目《やくめ》は、代々《だいだい》、貴族《きぞく》がつとめるものなのよ。でも、メリュジーヌ先生《せんせい》は貴族《きぞく》じゃないし、当然《とうぜん》、息子《むすこ》さんもそう。なのに、そんなえらい人《ひと》になるなんて、大出世《だいしゅっせ》だって、パパがいつもいってたわ。」

ふーん。それって、メリュジーヌ先生《せんせい》の教育《きょういく》がよかったせいかな？

「かもね。でも、こんなうわさもあるのよ。」

こんどは、フランカが首《くび》をつっこんできた。

「メリュジーヌ先生《せんせい》は、若《わか》いころ、なにか、とてつもなくすごいことを、やってのけたらしいのよ。そのことで、国王《こくおう》さまからも、黒魔女《くろまじょ》しつけ協会《きょうかい》からも、とても信用《しんよう》されるようになって、先生《せんせい》は王立魔女学校《おうりつまじょがっこう》の校長《こうちょう》に、息子《むすこ》さんも大出世《だいしゅっせ》したんだって。」

なんなの、その『とてつもなくすごいこと』って？

「それも、わからないの。重大《じゅうだい》な秘密《ひみつ》にされてるっていう、うわさよ。」

なんだか、うわさばっかり……。

「でも、ディエゴさんが、国王《こくおう》さまの大《だい》のお気《き》に入《い》りだっていうのは、ほんとの話《はなし》よ。」

「そして、そのことを鼻《はな》にかけた娘《むすめ》が、中学校《ちゅうがっこう》で大《おお》いばりだっていうのもね。」

ミラベルが、にやにやしはじめた。

「同級生《どうきゅうせい》をみんな子分《こぶん》みたいにして、使《つか》い走《ばし》りさせたり、グループになって、先生《せんせい》にたてついたりするんだって。でも、親《おや》は王《おう》さまのお気《き》に入《い》りだから、先生方《せんせいがた》も、なかなか注意《ちゅうい》できなくて、それで、さらにやりたい放題《ほうだい》!」

そ、そうなんだ……。そんな子《こ》、あたし、ちゃんと監督《かんとく》できるのかなぁ……。

あたしの心《こころ》のなかを読《よ》んだみたいに、そういったのは、ビルト。

「でしょ? 心配《しんぱい》よね?」

「桃花《とうか》には無理《むり》だっていってるわけじゃないの。生活監督官《せいかつかんとくかん》がだれでも、ものすごくたいへんなことだと思《おも》うの。だからこそ、校長先生《こうちょうせんせい》は、桃花《とうか》を選《えら》んだんじゃないかなぁ。」

どういうこと?

「失敗《しっぱい》してもかまわない生徒《せいと》だってことよ。」

あのう、いってる意味《いみ》がわからないんだけど……。

「生活監督官《せいかつかんとくかん》が、一年生《ねんせい》をきちんとしつけられないなんて、これほど、不名誉《ふめいよ》なことはないでしょ？　もし、エルマが生活監督官《せいかつかんとくかん》だったら、成績《せいせき》トップの優等生《ゆうとうせい》という経歴《けいれき》にも傷《きず》がつく。でも桃花《とうか》なら『やっぱり無理《むり》だったね。』って、みんなも納得《なっとく》する。」

そ、そんな……。

と、そのとき、がっくりするあたしをおしのけるようにして、マガズキンとティアーが、ビルトにつめよった。

「ビルト！　いっていいことと、悪《わる》いことがあるぞ！」

「そうですわ！　桃花《とうか》さんは、どんな生徒《せいと》が相手《あいて》でも、りっぱにお役目《やくめ》を果《は》たすに決《き》まっていましてよ！」

「二人《ふたり》とも、なに、怒《おこ》ってるの？　あたしは、ただ、そういうことかもしれないわよって、アドバイスをしているだけでしょ。」

「そういう態度《たいど》が、失礼《しつれい》だっていってるんだよっ。」

「そうですわ。桃花《とうか》さんがパジョー先生《せんせい》にほめられたのが、くやしいのでしょう？」

「なんですって！」

ビルトの顔《かお》が、みるみるまっ赤《か》になった。そして、いいかえそうと、口《くち》を開《あ》けたとき。

「けんかはやめろ！」

ぎょっと見上《みあ》げたあたしの目《め》に飛《と》びこんできたのは、絵《え》に描《か》いたような美人顔《びじんがお》。でも、短《みじか》く刈《か》りこんだ黒髪《くろかみ》も、背《せ》の高《たか》い細身《ほそみ》の体《からだ》も、まるで男《おとこ》の人《ひと》みたいで。

「エ、エレオノーラ先輩《せんぱい》……。」

「『食堂《しょくどう》では静粛《せいしゅく》に』。かべに、そう張《は》り紙《がみ》がしてあるのが、見《み》えないのか？」

迫力満点《はくりょくまんてん》の低《ひく》い声《こえ》に、あたしたちは、すくみあがった。

「す、すいません……。」

すなおに頭《あたま》をさげるあたしたちに、エレオノーラ先輩《せんぱい》は、小《ち》さくうなずいた。

「わかれば、よろしい。ただし、一年生気分《ねんせいきぶん》は捨《す》てるんだな。明日《あす》から新入生《しんにゅうせい》が来《く》る。上級生《じょうきゅうせい》として、模範《もはん》を示《しめ》さなければならないんだぞ。」

そういうと、エレオノーラ先輩《せんぱい》は、トビ色《いろ》の瞳《ひとみ》で、あたしを見《み》つめてきた。

「桃花《とうか》、生活監督官《せいかつかんとくかん》の先輩《せんぱい》として、教《おし》えといてやる。いま、おまえたちが話題《わだい》にしていた新入生《しんにゅうせい》。ビルトたちがいっていたとおり、メリュジーヌ校長《こうちょう》の孫《まご》で、そして、かなりの問《もん》題児《だいじ》らしい。名前《なまえ》はミルフィーユだ。」

ミルフィーユ……。

「きっと手《て》を焼《や》くだろうな。だが、あたしは助《たす》けないぞ。校長《こうちょう》の助《たす》けもあてにするな。新《しん》入生《にゅうせい》の生活《せいかつ》指導《しどう》は、生活監督官《せいかつかんとくかん》の仕事《しごと》なんだから。」

いや、そうなんだろうけど、でも、どうしよう……。

「ま、お手《て》なみ拝見《はいけん》だ。」

エレオノーラ先輩《せんぱい》は、ぽんっとあたしの肩《かた》をたたくと、食堂《しょくどう》を出《で》ていった。

3　うわさ以上《いじょう》の新入生《しんにゅうせい》……

「♪熱《あつ》いハート（ハート！）　信《しん》じる心《こころ》（ビリーブ！）」

教室《きょうしつ》のとびらのむこうから、あたしのいる回廊《かいろう》まで、女《おんな》の子《こ》たちの歌声《うたごえ》がもれてくる。

「♪不正《ふせい》を見《み》ぬふり（絶対《ぜったい》しない！）　友《とも》をうらぎる（ありえない！）」

今日《きょう》は入学式《にゅうがくしき》。そして入学式《にゅうがくしき》は、校歌斉唱《こうかせいしょう》で終《お》わる。

「♪ああ　王立魔女学校《おうりつまじょがっこう》」

このあとは、いよいよ、あたしの出番《でばん》。うーん、緊張《きんちょう》してきたよ。だって、人前《ひとまえ》でしゃべるの、大《だい》の苦手《にがて》……。

「♪ルキウゲ・ルキウゲ・ロフォカーレ！」

ああ、終《お》わっちゃった。でも、あいかわらず、心《こころ》の準備《じゅんび》はできず。もう一回《かい》、校歌《こうか》を歌《うた》ってくれないかなぁ。って、そんなこと無理《むり》よね。

「以上《いじょう》で、入学式《にゅうがくしき》を終了《しゅうりょう》する。」

教室《きょうしつ》から、濡烏《ソークロウ》先生《せんせい》のドスのきいた声《こえ》がもれてきた。

「これから、二年生《ねんせい》の生活監督官《せいかつかんとくかん》から生活上《せいかつじょう》の注意《ちゅうい》があるから、しっかり聞《き》け。そのあと、部屋《へや》へもどり、昼食《ちゅうしょく》まで荷物《にもつ》と部屋《へや》の整頓《せいとん》。昼食後《ちゅうしょくご》はさっそく授業《じゅぎょう》だ。わかったか。」

「……はい。」

うわぁ、新入生《しんにゅうせい》たち、みんな濡烏《ソークロウ》先生《せんせい》のど迫力《はくりょく》に、ビビってるみたい。だけど、あたしには、あんな声《こえ》は出《だ》せないし。どうしよう……。

ばたっ、と音《おと》をたてて、教室《きょうしつ》のとびらが開《あ》いた。

「終《お》わったよ、桃花《とうか》。」

なかから出《で》てくるなり、がらがら声《ごえ》をぶつけてきたのは、濡烏《ソークロウ》先生《せんせい》。今日《きょう》も、細《ほそ》い体《からだ》にぴったりフィットした、黒革《くろかわ》ジャケットと黒革《くろかわ》パンツという、ワイルドなかっこう。

「びしっといってやれよ。なにごとも最初《さいしょ》が肝心《かんじん》だからな。なめられたら終《お》わりだぞ。」

は、はい。でも、そんなにうまくしゃべれるか……。

「あいつらがなにか問題《もんだい》を起《お》こせば、いそがしくなるのは、舎監《しゃかん》のわたしだ。わたしをめんどうなことに巻《ま》きこませたりしたら、どうなるか、わかってるな。」

濡烏《ソークロウ》先生《せんせい》は、切《き》れ長《なが》の目《め》で、あたしをぎろりとにらむと、すたすたと歩《あゆ》み去《さ》っていく。

こ、こわっ。これ、おどしじゃないの……。

ああ、こんなことなら、生活監督官《せいかつかんとくかん》なんか、引《ひ》き受《う》けるんじゃなかった……。

そのとき、教室《きょうしつ》が、ざわざわしているのに、気《き》づいた。

いけない、とにかく、はじめなくちゃ！

あたしは、あわてて、うす暗《ぐら》い教室《きょうしつ》のなかに飛《と》びこんだ。あたしの足音《あしおと》が、アーチの波《なみ》うつ低《ひく》い天井《てんじょう》にこだますると、ざわめきが、さっと消《き》える。

教室《きょうしつ》の前《まえ》で足《あし》を止《と》めて、みんなをふりかえる。

新入生《しんにゅうせい》は十五人《にん》。そそりたつ柱《はしら》にかくれて、全員《ぜんいん》の顔《かお》は見《み》えないけれど、でも、三十の瞳《ひとみ》が、いっせいにこっちに集中《しゅうちゅう》にするのが、はっきりと感《かん》じられる。

「えへん……。えーっと……。」

いけない。去年《きょねん》のエレオノーラ先輩《せんぱい》みたいに、威厳《いげん》をみせないと。

「みなさん、入学《にゅうがく》、おめでとう。そして、火《ひ》の国王立魔女学校《くにおうりつまじょがっこう》へようこそ。六六六年《ねん》の伝《でん》統《とう》をほこるわが校《こう》は、すばらしい黒魔女《くろまじょ》を多数送《たすうおく》りだしてきました。みなさんも、今日《きょう》からその一員《いちいん》となります。ですから、その名《な》を汚《けが》さぬよう、節度《せつど》ある行動《こうどう》をとってください。」

こわい感《かん》じは出《だ》せないけど、しょうがないよね、あたしの性格《せいかく》だもの。とりあえず、新入生《しんにゅうせい》たちも、あたしの話《はなし》に耳《みみ》をかたむけてるし、とにかく、この調子《ちょうし》でがんばろう！

「わたしは、これから一年間《ねんかん》、みなさんの生活《せいかつ》を見守《みまも》る生活監督官《せいかつかんとくかん》の、桃花《とうか》・ブロッサムです。長《なが》いので『桃花《とうか》』でいいです。」

そのとき、教室《きょうしつ》のまんなかのほうで、人影《ひとかげ》が動《うご》いた。

「質問《しつもん》があるんだけど、桃花《とうか》さん。」

と、桃花《とうか》さん？

あたしは、あわてて、声《こえ》のしたほうに顔《かお》をむけた。

「本校《ほんこう》では、卒業生《そつぎょうせい》もふくめて、目上《めうえ》の人《ひと》には、かならず『先輩《せんぱい》』をつけることになっています。それから、敬語《けいご》もわすれないように。ですから、いまの発言《はつげん》も、『質問《しつもん》がありますが、よろしいでしょうか、桃花先輩《とうかせんぱい》。』です。もういちど、いってごらんなさい。」

すると、はあっと、ためいきが聞《き》こえてきた。

「じゃあ、いいなおします。質問《しつもん》がありますが、よろしいでしょうか、桃花《とうか》先輩《せんぱい》。」

いやいやいってる感《かん》じがありあり。な、なんなの、この子《こ》。

じっと目《め》をこらすと、うす闇《やみ》になれたあたしの目《め》に、ひとりの女《おんな》の子《こ》の姿《すがた》が映《うつ》った。

ふっくらとしたほお、不敵《ふてき》そうにひきむすんだ、うすいくちびる。いかにも、きかん気《き》そうな感《かん》じで。それに、つりあがった目《め》のなかで輝《かがや》く瞳《ひとみ》は、緑色《みどりいろ》……。

あ、もしかして、この子《こ》が……。

「桃花先輩《とうかせんぱい》、聞《き》こえてますか。あたし、いま、質問《しつもん》があるといったんですけど。」

「え、ええ、聞《き》こえてます。そ、それより、あなた、お名前《なまえ》は？」

女《おんな》の子《こ》は、ぐっと胸《むね》をはると、くちもとに、うっすらと笑《え》みを浮《う》かべて。

「ミルフィーユです。」

ああ、やっぱり……。

「それで、先輩《せんぱい》。あたし、同《おな》じ中学《ちゅうがく》から来《き》た子《こ》が二人《ふたり》いるんですけど、部屋《へや》をばらばらにされたんですよ。だから、いっしょにしてほしいんですけど。」

なんて口《くち》のききかた！　口先《くちさき》だけ、ていねい語《ご》を使《つか》っているけど、態度《たいど》には先輩《せんぱい》をうやまう気配《けはい》ゼロ。ま、負《ま》けてられないよ、あたしは生活監督官《せいかつかんとくかん》なんだから……。

「それは無理《むり》です。部屋《へや》の割《わ》りふりは、いったん決《き》まった以上《いじょう》は、変更《へんこう》はできません。」

「だったら、友《とも》だちの部屋《へや》を、あたしの両《りょう》どなりにしてもらえませんか？　そしたら、いつでも、部屋《へや》を行《ゆ》き来《き》して……。」

「それもできません。それから、よその部屋《へや》に入《はい》ることも禁止《きんし》されています。おしゃべりなら、休《やす》み時間《じかん》に、廊下《ろうか》や教室《きょうしつ》の外《そと》でしなさい。」

どこかで、ちっと、舌打《したう》ちのような音《おと》がした。

な、なに？　いったい、だれが……。

「ファビオラ、ジェマ、心配《しんぱい》しないでいいよ。あたし、おばあさまにたのんでおくから。校長《こうちょう》だもん、なんとでもなるよ。」

「うん、たのむねぇ。」

し、信《しん》じられない……。生活監督官《せいかつかんとくかん》のあたしをさしおいて、勝手《かって》におしゃべりをするなんて。しかも、さりげなく、自分《じぶん》がメリュジーヌ校長《こうちょう》の孫《まご》であることを、ほかの生徒《せいと》たちにアピールしてるし。

これには、ほかの新入生《しんにゅうせい》たちも、おどろいたみたい。体《からだ》をもぞもぞさせて、ミルフィーユをふりかえったり、あたしがどうするつもりか、そっとうかがったりしてる。

な、なんとかしないと。でも、どなりつけるなんて、あたしには、とてもできないし。

「ミルフィーユ。それからファビオラとジェマも。よく聞《き》きなさい。」

あたし、指《ゆび》がふるえているのをさとられないように、背中《せなか》に手《て》をまわした。

「メリュジーヌ校長《こうちょう》はとてもきびしく、そして平等《びょうどう》な方《かた》です。自分《じぶん》の孫《まご》だからといって、特別《とくべつ》あつかいはなさいません。一度《いちど》決《き》まった部屋《へや》割《わ》りを変《か》えられないのは、本校《ほんこう》の規則《きそく》。それを曲《ま》げようとなさるはずがありませんよ。」

ミルフィーユが、なにか、いいかえそうと口《くち》を開《ひら》きかけた。

「あなたの質問《しつもん》には、もう答《こた》えました。これ以上《いじょう》、口《くち》をはさむことはゆるしません。」

ファビオラとジェマが、あっけにとられたように、ミルフィーユのほうを見《み》てる。でも、ミルフィーユは、くやしそうに口《くち》をとがらせるばかりで、なにもいえず。

ほかの新入生《しんにゅうせい》たちも、あわてて、背《せ》すじをのばしてる。

よ、よし。なんとか、なったみたい……。

「では、寄宿舎生活《きしゅくしゃせいかつ》のきまりを教《おし》えます。第《だい》一に、よその部屋《へや》に立《た》ち入《い》らないこと。自由《じゆう》時間《じかん》以外《いがい》は、つねに同《おな》じ部屋《へや》の生徒《せいと》と行動《こうどう》してください。授業《じゅぎょう》への行《い》き帰《かえ》りもいっしょ、食堂《しょくどう》でもかならず同《おな》じ部屋《へや》の三人《にん》といっしょにすわりましょう。第《だい》二に、つねに部屋《へや》の整《せい》理整頓《りせいとん》に気《き》をくばり、第《だい》三に、家族《かぞく》への手紙《てがみ》は本校《ほんこう》支給《しきゅう》のびんせんで年《ねん》に四回《かい》だけ、第《だい》四に、勉強《べんきょう》に不必要《ふひつよう》なものを持《も》ったり、身《み》につけるのは禁止《きんし》……。」

★

ようやく、お昼《ひる》ごはんの時間《じかん》になった。

ギュービッド先輩《せんぱい》たちが卒業《そつぎょう》してから、しばらくは、がらんとしていた食堂《しょくどう》も、ひさしぶりに、一年生《ねんせい》から三年生《ねんせい》まで、四十五人《にん》の魔女学校生《まじょがっこうせい》で満員《まんいん》。

『食堂《しょくどう》では静粛《せいしゅく》に』のルールがあるけど、声《こえ》を出《だ》しちゃいけないわけじゃない。だから、二年生《ねんせい》や三年生《ねんせい》は、ひそひそ声《ごえ》でおしゃべりしてる。でも、今日《きょう》が食堂《しょくどう》デビューの新入生《しんにゅうせい》たちは、緊張《きんちょう》でこちこち。一年生《ねんせい》の席《せき》だけは、しんと静《しず》まりかえってる。

「……また、トカゲの皮巻《かわま》きパンかよ。もう、あきたなぁ。」

マガズキンが、うんざりしたお顔《かお》で、お皿《さら》を見《み》つめてる。そのとなりで、とつぜん、ティアーが、笑《え》みを浮《う》かべた。

「マガズキンさん、桃花《とうか》さん、これ、ごらんになって。」

そういって、テーブルの下《した》から出《だ》してきたのは、金色《きんいろ》に輝《かがや》く、逆三角形《ぎゃくさんかくけい》のもの。下《した》に持《も》ち手《て》みたいなものがついていて、なんだか細長《ほそなが》いうちわみたいだけど。

「じゃーん！」

ティアーが、金色《きんいろ》のうちわみたいなものを、くるっと裏返《うらがえ》すと。

あれ？　マガズキンとあたしの顔《かお》が映《うつ》ってる。これ、まさか……。

「そうですわ！　つながりの手鏡《てかがみ》ですわ！」

信《しん》じられない！　だって、パジョー先生《せんせい》からいただいたのは、ただの四角《しかく》いガラス板《いた》みたいな鏡《かがみ》だったのに……。

「あれじゃあ、ちっともかわいくないでしょう？　せっかく一年間《ねんかん》、持《も》ちつづけるものなんですもの、少《すこ》しでもきれいにしたいなぁと思《おも》いましたの。」

『少《すこ》しでも』じゃないでしょ。これ、めちゃくちゃ、豪華《ごうか》じゃないの。

持《も》ち手《て》から、鏡《かがみ》をおおうところから、すべてが金色《きんいろ》。しかも、そこに、細《こま》かい彫刻《ちょうこく》がしてあって、さらに、鏡《かがみ》のうらには、赤《あか》と青《あお》の石《いし》がついてる。

「まんなかの赤《あか》い石《いし》はガーネット、そのまわりにちりばめた青《あお》い石《いし》はラピスラズリ。どちらも、人間界《にんげんかい》にしかない宝石《ほうせき》ですのよ。鏡《かがみ》をおおっているのも、純金《じゅんきん》ですわ。」

宝石《ほうせき》に純金《じゅんきん》って……。いったい、どうしてそんなものを持《も》ってるの……。

「以前《いぜん》にお母《かあ》さまにいただいたのを、入学《にゅうがく》するとき、持《も》ってきましたの。でも、まさか、

「なんだ、ティアーがバスルームに閉《と》じこもってたのは、そういうことだったのか。」

こんなふうに役立《やくだ》つとは、思《おも》いもよりませんでしたわ。」

マガズキン、どういうこと？

「今日《きょう》は入学式《にゅうがくしき》だから、二、三年生《ねんせい》の午前授業《ごぜんじゅぎょう》はお休《やす》みだったろ？　だから、あたし、部《へ》屋《や》でずっと魔界昔話《まかいむかしばなし》を書《か》いていたんだけどさ、そのあいだティアーは、バスルームに入《はい》ったきり出《で》てこなかったんだよ。しかも、トンカン、トンカン、変《へん》な音《おと》をたててさ。」

それじゃあ、これ、すべてティアーの手作《てづく》りってこと？　金《きん》の板《いた》をたたいたり、形《かたち》を整《ととの》えたり、彫刻《ちょうこく》したり、全部《ぜんぶ》ひとりでやったわけ？

「あたくし、手芸《しゅげい》やアクセサリー作《づく》りが大好《だいす》きですの。お勉強《べんきょう》は苦手《にがて》ですけど。」

いや、勉強《べんきょう》ができるより、こんなことができるほうが、ずっと、すごいと思《おも》う……。

「でも、アイデアは、マガズキンから、いただいたんですのよ。ほら、パジョー先生《せんせい》の宿《しゅく》題《だい》で、鏡《かがみ》にまつわるお話《はなし》を提出《ていしゅつ》することになったとき、マガズキンが『白雪姫《しらゆきひめ》』の魔法《まほう》の鏡《かがみ》のことを教《おし》えてくださったでしょう？　それで、ぴーんときたんですの。」

「なるほど！　たしかに、いじわるなお后《きさき》の手鏡《てかがみ》って感《かん》じだよ！」

マガズキンが、目《め》をきらきらと輝《かがや》かせはじめた。

「桃花《とうか》とあたしの鏡《かがみ》も、こんなふうにできないかな。桃花《とうか》もほしいだろ、こういうの。」

う、うん、たしかに、かわいいよね……。

そうしたら、ティアーも、顔《かお》いっぱいに、笑《え》みを広《ひろ》げて。

「もちろん、すぐに作《つく》りますわ！　ああ、三人《にん》でおそろいの手鏡《てかがみ》を持《も》てるなんて、なんて幸《しあわ》せなんでしょう！　あたくし、もう、ひとしずくの幸福《こうふく》もいらないわ！」

な、なんだか、セリフが、ものすごくおおげさなような……。

でも、つながりの手鏡《てかがみ》は、ルームメイトの絆《きずな》を強《つよ》めながら、育《そだ》てていくんだもの。三人《にん》おそろいの、特別《とくべつ》な飾《かざ》りをつけるのは、いい考《かんが》えかもね。

「ちょっと、桃花《とうか》。はしゃいでる場合《ばあい》じゃないんじゃないの？」

いきなり、ひじを、フォークのおしりで、つっつかれた。ふりかえると、ビルトとミラベル、フランカが、あたしを見《み》つめてる。しかも、みんな、顔《かお》をしかめていて。

なんだろ？　あたしたちが、手鏡《てかがみ》のことで、はしゃいでいるのが、気《き》にくわないのかな。きのうみたいに、また険悪《けんあく》なふんいきになるのは、いやなんだけどなぁ……。

「そうじゃなくて、新入生《しんにゅうせい》に注意《ちゅうい》をはらわないといけないんじゃないのってこと。」

新入生《しんにゅうせい》？

「ミルフィーユよ。いちばん奥《おく》のかべぎわにすわってるから、よく見《み》て。」

腰《こし》を浮《う》かせて、いわれたほうに目《め》をこらしてみると。

あ、ミルフィーユがいる。むすっとした顔《かお》で、お皿《さら》をにらんでるけど、食事《しょくじ》の内容《ないよう》が気《き》に入《い》らないのかな。でも、大声《おおごえ》で不平《ふへい》をいってるわけでもないし。とくに注意《ちゅうい》するようなこともないような……。

「あなた、それでも、生活監督官《せいかつかんとくかん》？　服装《ふくそう》を見《み》て、気《き》づかないの？」

服装《ふくそう》？　ちゃんと制服《せいふく》を着《き》ているし……。

あれ？　胸《むね》に、なにかキラキラしたものがついてる。

「ブローチよ。コウモリ形《がた》のブローチ。あれ、純金《じゅんきん》よ、きっと。」

まゆをひそめるビルトに、ミラベルがうなずいた。

「制服《せいふく》にアクセサリーをつけるのは、『勉強《べんきょう》に不必要《ふひつよう》なものを身《み》につけてはならない。』っていう校則《こうそく》に違反《いはん》しているわよね。まして、純金《じゅんきん》のブローチだなんて！」

た、たしかに。こりゃあ、たいへんだよ。あれだけハデなブローチだと、上級生《じょうきゅうせい》はもちろん、先生方《せんせいがた》に見《み》つかるのも時間《じかん》の問題《もんだい》。早《はや》く、外《はず》させなくちゃ。

「あたし、ちょっと、行《い》ってくる。」

ひざにおいたナプキンをつまんで、テーブルにおくと、あたしは、席《せき》を立《た》った。

ところが、歩《ある》きだそうとした瞬間《しゅんかん》、ミルフィーユと目《め》が合《あ》った。それだけじゃない。ミルフィーユも、さっと立《た》ちあがると、まっすぐにこっちにむかって歩《ある》いてくる。そのうしろには、なぜだか、ファビオラとジェマもついてきていて。

やがて、ミルフィーユは、あたしの前《まえ》まで来《く》ると、ぺこりとおじぎをした。

「こんにちは、桃花《とうか》さん。あ、すいません、桃花先輩《とうかせんぱい》。」

わざとらしい……。しかも、ふっくらしたほおに、不敵《ふてき》な笑《え》みを浮《う》かべてるし。

なんなの、いったい？　でも、負《ま》けちゃだめ。あたしは生活監督官《せいかつかんとくかん》なんだから。

「こんにちは、ミルフィーユ。ところで、そのブロ……。」

「ティアー先輩《せんぱい》がお持《も》ちの鏡《かがみ》、純金《じゅんきん》ですよね？」

え？

ミルフィーユの緑色《みどりいろ》の瞳《ひとみ》が、ティアーの手《て》にむけられてる。

「さすがは黒魔女《くろまじょ》しつけ協会会長《きょうかいかいちょう》のご令嬢《れいじょう》。お持《も》ちになっているものも特別《とくべつ》なら、『勉強《べんきょう》に不必要《ふひつよう》なものを持《も》つのは禁止《きんし》』という校則《こうそく》も、特別《とくべつ》にゆるされているんですね。」

あ……。

言葉《ことば》につまるあたしをよそに、ミルフィーユがまくしたてた。

「じつは、あたしの父《ちち》も、国王陛下《こくおうへいか》からじきじきに王宮配室長《おうきゅうはいしつちょう》のお役目《やくめ》をいただいた、特《とく》別《べつ》な人《ひと》なんです。この金色《きんいろ》のコウモリのブローチは、その父《ちち》から入学祝《にゅうがくいわ》いにいただいたもの。ですから、あたしも特別《とくべつ》につけていても、かまいませんよね。」

ミルフィーユが勝《か》ちほこったように、あたしを見《み》つめてる。そのうしろで、ファビオラとジェマもにやにやしていて。

……そ、そうか、そういうことだったんだ。

ミルフィーユは、ティアーが、ハデに飾《かざ》りたてた、つながりの手鏡《てかがみ》を持《も》っているのに目《め》をつけて、わざと自分《じぶん》も同《おな》じことをしたのよ。そして、上級生《じょうきゅうせい》の規則違反《きそくいはん》は見《み》のがすくせに、下級生《かきゅうせい》は注意《ちゅうい》するのかって、アピールする。

そう、ミルフィーユは、最初《さいしょ》からあたしに、なんくせをつけるつもりだったのよ。

気《き》がつくと、食堂《しょくどう》じゅうが、しんと静《しず》まりかえっていた。全員《ぜんいん》の目《め》が、あたしに集《あつ》まってる。生活監督官《せいかつかんとくかん》として、どうするつもりなのか、みんな興味《きょうみ》しんしんみたいで。

と、とにかく、なにかいわなくちゃ。

「アクセサリーをつけるのは校則違反《こうそくいはん》です。いますぐ、そのブローチを外《はず》しなさい。」

「でも、ティアー先輩《せんぱい》は……。」

「ティアーには、わたしからあとでいって、もとの鏡《かがみ》にもどさせます。」

ミルフィーユのほっぺが、ぷうっとふくらんだ。

「そんなのおかしいです。なぜ、あたしはいまで、上級生《じょうきゅうせい》はあとなんですか？　だいたい、ティアー先輩《せんぱい》に、すぐに手鏡《てかがみ》のことを注意《ちゅうい》するべきだったんじゃないですか？　ルームメイトにはあまいんですか？　そんなの不公平《ふこうへい》です！」

「なんの騒《さわ》ぎだい！」

食堂《しょくどう》に、低《ひく》い声《こえ》がとどろいた。ふりかえると、入《い》り口《ぐち》に小《ちい》さな人影《ひとかげ》がひとつ。白《しろ》いハイネックのブラウスに、茶色《ちゃいろ》のロングスカート。

メリュジーヌ先生《せんせい》！

「『食堂《しょくどう》では静粛《せいしゅく》に』、そういう規則《きそく》じゃないのかい？」

メリュジーヌ先生《せんせい》は、銀《ぎん》ブチめがねをきらめかせながら、こつこつとかかとを鳴《な》らして、近《ちか》づいてくる。そこへ、ぱっとミルフィーユがかけよった。

「おばあさま、聞《き》いて！　桃花先輩《とうかせんぱい》ったら……。」

「先生《せんせい》とおよび！　魔女学校《まじょがっこう》のなかでは、おまえは生徒《せいと》、わたしは校長《こうちょう》です！」

ぴしゃりといわれて、ミルフィーユは、ぼうぜんと立《た》ちつくしてる。けれど、メリュジーヌ先生《せんせい》は、表情《ひょうじょう》ひとつ変《か》えず。ミルフィーユと同《おな》じ、緑色《みどりいろ》の瞳《ひとみ》であたしをにらんで。

「なにがあったんだい、桃花《とうか》。」

じつは、ミルフィーユが制服《せいふく》にブローチをつけていることを、注意《ちゅうい》していたところで……。

「でも、わたしも悪《わる》いんです。ティアーが、鏡《かがみ》に、ハデな飾《かざ》りをつけていることには、気《き》がついていなかったんです。だから、ミルフィーユのいうとおり、彼女《かのじょ》だけ注意《ちゅうい》するのは、まちがいでした。というか、わたし、生活監督官《せいかつかんとくかん》として失格《しっかく》……。」

あたしの口《くち》をふさぐように、メリュジーヌ先生《せんせい》が手《て》をのばした。そして、ふんっと、小《ちい》さく鼻《はな》を鳴《な》らした次《つぎ》の瞬間《しゅんかん》。

「ルキウゲ・ルキウゲ・レティラーレ！」

「あ、あたしのブローチが……。」

ミルフィーユが悲鳴《ひめい》をあげた。と同時《どうじ》に、ティアーも、ひっと、おかしな声《こえ》を出《だ》して。

「いじわるなお后《きさき》さま風《ふう》の手鏡《てかがみ》が、ただの四角《しかく》い鏡《かがみ》になってしまいましたわ！」

「わたしがあずかったよ。」

メリュジーヌ先生《せんせい》の手《て》のひらに、金色《きんいろ》のコウモリのブローチ、そして、宝石《ほうせき》と金《きん》の板《いた》がのっていた。

「王立魔女学校《おうりつまじょがっこう》に、特別《とくべつ》あつかいの生徒《せいと》はいないよ。これは卒業《そつぎょう》のときに返《かえ》すよ。」

メリュジーヌ先生《せんせい》は、冷《つめ》たくいいはなつと、また、こつこつとかかとを鳴《な》らして、食堂《しょくどう》を出《で》ていった。

あたしは、なにもいえず、立《た》ちつくすばかりだった……。

4　大失敗《だいしっぱい》

「消灯《しょうとう》！　ルキウゲ・ルキウゲ・アパガーレ！」

回廊《かいろう》のまんなかで、呪文《じゅもん》を唱《とな》えたとたん、ドクロのろうそく立《た》ての上《うえ》でゆらめいていた、オレンジ色《いろ》の炎《ほのお》が、ぱっと消《き》えた。とたんに、あたりが闇《やみ》につつまれる。

どうやら、お部屋《へや》からしのび出《で》てくる生徒《せいと》もいないようだし、今日《きょう》はこれで終《お》わりね。

ああ、つかれた……。

あたしは、アーチを支《ささ》える柱《はしら》によりかかると、ためいきをついた。

星明《ほしあ》かりに照《て》らされて、中庭《なかにわ》がぼんやりと見《み》える。まんなかに黒々《くろぐろ》とそびえたつのは、王立魔女学校初代校長《おうりつまじょがっこうしょだいこうちょう》『黒魔女《くろまじょ》レ・トロワ・フレール』の銅像《どうぞう》。その足《あし》もとに広《ひろ》がる池《いけ》に、三角帽子《さんかくぼうし》をかぶったおばあさん黒魔女《くろまじょ》の像《ぞう》が、さかさまに映《うつ》ってる。

池《いけ》の奥《おく》は、移動魔法薬《いどうまほうやく》の原料《げんりょう》になるブラックエルダーの木《き》。すっかり葉《は》が落《お》ちたいまは、そのシルエットは、まるで、ガイコツが踊《おど》っているみたいで。

もうすっかり秋《あき》ね。明日《あした》はソーウィンのサバトだし。

ってことは、あたしが生活監督官《せいかつかんとくかん》になってから、もう半年以上《はんとしいじょう》たつのかぁ。

池《いけ》のほとりに近《ちか》づいて、水面《すいめん》に映《うつ》った自分《じぶん》の姿《すがた》をのぞきこんだ。そこにいるのは、一年生《いちねんせい》のころと、ぜんぜん変《か》わってないあたし。

こんなあたしに、よく生活監督官《せいかつかんとくかん》がつとまってきたなぁ。

とくに、ミルフィーユはたいへんだったよ。よその部屋《へや》に堂々《どうどう》と入《はい》るわ、外出許可日《がいしゅつきょかび》に平気《へいき》な顔《かお》で門限破《もんげんやぶ》りするわ、魔法図書館《まほうとしょかん》のカイムさんのお口《くち》を、ガムテープでぐるぐる巻《ま》きにするわ……。そのたびに、あたしは、こんこんとお説教《せっきょう》。それでも、ミルフィーユときたら、いつだって、ぷうっとふくれっ面《つら》をしちゃって。

「だって……。」

「だってじゃないでしょ！　いいわけしないで、ちゃんと反省《はんせい》しなさい！」

ああ、思《おも》いだすだけでも、つかれてくる……。

そうかぁ、もう半年《はんとし》かぁ……。生活監督官《せいかつかんとくかん》の仕事《しごと》と自分《じぶん》のお勉強《べんきょう》で、あっというまにすぎちゃったから、気《き》づかなかったけど、もうすぐ冬《ふゆ》なんだなぁ……。

ううっ、寒《さむ》っ。急《きゅう》に寒《さむ》くなってきたよ。

とにかく明日《あした》は、ひさしぶりの外出許可日《がいしゅつきょかび》。お部屋《へや》に帰《かえ》って、寝《ね》ようっと。

「ただいまぁ。」

『フォカロル』の魔法円《まほうえん》がきざまれたとびらを開《あ》けたとたん。

「おう、おつかれ！」

「さあ、桃花《とうか》さん、こちらへいらして！」

なに？　消灯時間後《しょうとうじかんご》だっていうのに、マガズキンもティアーも、やけにはりきっちゃって。それに、このぷーんと鼻《はな》をくすぐるあまい香《かお》りは、まさか干《ほ》しナメクジティーでは？

「だめだよ、ティアー。不必要《ふひつよう》に豪華《ごうか》なものは禁止《きんし》になってるの知《し》ってるでしょ？」

「桃花《とうか》さんのぶんの一杯《ぱい》だけですもの。ばれたりしませんことよ。」

「それに、桃花《とうか》、つかれてるんだろ？　これで、いやされるといいよ。」

な、なんなの？　二人《ふたり》とも、ようすがおかしいけど。

すると、首《くび》をかしげるあたしの前《まえ》に、二人《ふたり》が四角《しかく》いガラス板《いた》をさっとつきだした。

これ、つながりの手鏡《てかがみ》……。

「ルキウゲ・ルキウゲ・レペティーレ！」

二人《ふたり》が声《こえ》をそろえたとたん、鏡《かがみ》のなかに、二つの人影《ひとかげ》があらわれて。

『あなた、ルームメイトに、宿題《しゅくだい》の答《こた》えをうつさせろって、せまったそうね！』

『せまってなんか、いません。フローラが見《み》せてくれただけですけど。』

あれ？　これ、あたしとミルフィーユじゃない？

『同《おな》じことよ！　宿題《しゅくだい》は自分《じぶん》の力《ちから》でやることになっているでしょ！　今日《きょう》の「最低《さいてい》の部屋《へや》」は、あなたの部屋《へや》です！』

なんと！　ついさっき、あたしが、ミルフィーユに注意《ちゅうい》をしたシーンじゃないの！

「すごいだろ？　つながりの手鏡《てかがみ》に、はなれた場所《ばしょ》にいる桃花《とうか》が映《うつ》ったんだよ。」

「しかも、そのシーンを再生《さいせい》できるんですの！　ここまで鏡《かがみ》を育《そだ》てたの、きっと、あたくしたちが、はじめてですわ！」

す、すごい！　そうか、それで、あたしががっくりつかれているのも、わかったのね。

「それじゃあ、あたしの鏡《かがみ》にも、はなれた場所《ばしょ》の二人《ふたり》が映《うつ》るのかな？」

「ためしてみろよ！」

う、うん。じゃあ、バスルームに入《はい》って、やってみるね。

とびらを閉《と》じて、それから、鏡《かがみ》をのぞいてっと。

……映《うつ》らない。いや、映《うつ》ってはいるんだけど、それは、いつもの二人《ふたり》の顔《かお》だけ。とびらのむこうで、にやにやしているはずの二人《ふたり》は、ちっとも映《うつ》らず。

「だめでしたの？」

バスルームを出《で》たあたしの表情《ひょうじょう》を見《み》たティアーが、顔《かお》をくもらせた。

「うん……。」

「そんなにがっかりするなって。桃花《とうか》は、生活監督官《せいかつかんとくかん》と毎日《まいにち》の勉強《べんきょう》で、手《て》いっぱいだったんだから。鏡《かがみ》を育《そだ》てることなんて、できなかったんだしさ。」

つながりの手鏡《てかがみ》は、ルームメイトとの信頼関係《しんらいかんけい》をきずく、つまり、おたがいのことを、いつも心《こころ》にかけ、いっしょうけんめいに考《かんが》えてあげることで、育《そだ》てられる。

でも、この半年《はんとし》というもの、あたしには、そんな心《こころ》のよゆうはなかったわけで……。

「でしたら、こうしませんこと？」

ティアーの銀色《ぎんいろ》の瞳《ひとみ》がきらり。

「明日《あした》の外出許可日《がいしゅつきょかび》、街《まち》に行《い》って、三人《にん》、ばらばらに行動《こうどう》しましょうよ。」

そんなの、だめだよ。校則《こうそく》で、ルームメイトはつねに行動《こうどう》をともにすることって、決《き》まってるんだから。だいたい、街《まち》に出《で》ておたがいの身《み》になにかあったら、心配《しんぱい》じゃないの。

「そこですわ！　桃花《とうか》さんは、あたくしたちのことを心配《しんぱい》して、鏡《かがみ》をいっしょうけんめいにのぞくでしょう？　それって、鏡《かがみ》を育《そだ》てることになりませんこと？」

マガズキンが、ぱんっと、手《て》をたたいた。

「ナイスアイデアだよ！　桃花《とうか》も心配《しんぱい》するなって。あたしたちの鏡《かがみ》には、はなれている桃《とう》花《か》のことが、ばっちり映《うつ》るんだもの。なにかあったって、すぐにかけつけられるだろ？」

そ、そういわれてみれば、そうだね……。たしかに、あたしだけおくれている『つながりの鏡育《かがみそだ》て』をとりもどすには、いいチャンスかもしれないよ。

「はい、きまり～！　じゃあ、あしたは、ばらばらに行動《こうどう》な！」

「ああ、あたくし、いまから、どきどきしましてよ。明日《あす》は、いままでの人生《じんせい》のなかで、いっとうスリルにあふれる一日《いちにち》になりそうです！」

ま、また、おおげさな……。

でも、ありがとう。マガズキンも、ティアーも、ほんとにいいお友《とも》だちよ……。

★

次《つぎ》の日《ひ》。空《そら》はすっきりと晴《は》れて、暑《あつ》くもなく、寒《さむ》くもなく、まさにお出《で》かけ日和《びより》。

それにしても、今日《きょう》の街《まち》、いつも以上《いじょう》ににぎわってるねぇ。

「そりゃ、ソーウィンのサバトだもの。死霊《しりょう》も魔物《まもの》も、みーんなお休《やす》み。今日《きょう》は一日《いちにち》、お祭《まつ》り騒《さわ》ぎだよ。警備《けいび》の魔界警察官《まかいけいさつかん》も大《おお》いそがしってわけ。」

マガズキンがいうとおり、黒《くろ》い制服《せいふく》を着《き》たガイコツさんが。二人一組《ふたりひとくみ》になって、ごったがえす街《まち》のなかをパトロールしてる。

「みなさんが楽《たの》しんでいらっしゃるときに、お仕事《しごと》だなんて、かわいそうですわ。」

ふふっ、ティアーは、やさしいね。

「ようし、ここで解散《かいさん》しよう。」

マガズキンが足《あし》を止《と》めたのは、魔女服《まじょふく》のならんだショーウインドーの前《まえ》。

あ、ここ、『黒魔女専門《くろまじょせんもん》ブティック』じゃない！　去年《きょねん》、来《き》たよね！

「糸車《いとぐるま》の塔《とう》から、午後《ごご》三時《じ》の鐘《かね》が聞《き》こえたら、ここに集合《しゅうごう》な。」

「ということは、たっぷり五時間《じかん》はありますわね。あたくし、どこへ行《い》こうかしら。」

「どこに行《い》ってもいいけど、つながりの手鏡《てかがみ》で、桃花《とうか》をチェックするの、わすれるなよ。」

「だんぜん『合点承知《がてんしょうち》の介《すけ》』ですわ！」

ティアー、なんか、言葉《ことば》がおかしいよ。

「桃花《とうか》も、あたしたちのことを、いっしょうけんめいに考《かんが》えろよ。これは、桃花《とうか》のつながりの手鏡《てかがみ》を育《そだ》てるためにすることなんだから。」

うん！　今日《きょう》は、生活監督官《せいかつかんとくかん》のことはわすれて、ずーっと二人《ふたり》の心配《しんぱい》をするから！

「じゃあな、またあとでな！」

「『バッハッハーイ』ですわ！」

手《て》をふる二人《ふたり》の姿《すがた》が、人混《ひとご》みのむこうに消《き》えていった。

さて、あたしはどうしよう。ここで魔女服《まじょふく》のお店《みせ》のショーウインドーを見《み》ているだけでも楽《たの》しいんだけどね。去年《きょねん》、目《め》にとめた魔女服《まじょふく》もまだかざってあるし。ハイネックにノースリーブ、クロスした白《しろ》いベルト、オーバーニーのブーツ……。ああ、着《き》てみたいなぁ。

って、そうだ。マガズキン、いってたっけ。

『優秀《ゆうしゅう》な成績《せいせき》で卒業《そつぎょう》して、人間界《にんげんかい》へインストラクター黒魔女《くろまじょ》として派遣《はけん》されるときは、魔《ま》女学校《じょがっこう》が、好《す》きな魔女服《まじょふく》をくれるんだぞ。』

ようし、お勉強《べんきょう》、がんばろう！　それに、生活監督官《せいかつかんとくかん》のお仕事《しごと》も！　両方《りょうほう》がんばれば、きっと魔女服《まじょふく》を買《か》ってもらえるはずだよ。

「もしもし？　そこの魔女学校《まじょがっこう》のお嬢《じょう》さん？」

うしろから、声《こえ》がした。ふりかえると、そこには、中年《ちゅうねん》のおじさんが立《た》っていて。

まるい顔《かお》に、でっぱったおでこ。落《お》ちくぼんだ小《ちい》さな目《め》は、瞳《ひとみ》が金色《きんいろ》。ついでに、肩《かた》までのばした髪《かみ》も、先《さき》がくるんとカールした口《くち》ひげも金色《きんいろ》で。いったい、だれ？

「わしは魔婆死《まさし》。オモテダケじゃよ。」

はあ？　オモテダケ？

すると、魔婆死《まさし》さんとかいうおじさん、金色《きんいろ》のまゆ毛《げ》を、ハの字《じ》にしちゃって。

「しゃれがわからんようでは、よい黒魔女《くろまじょ》になれんぞ。いいかね？　『表《おもて》だけ』ということは、『うらがない』ということ。『うらがない』、『うらない』、『占《うらな》い』。」

がくっ。それ、しゃれじゃなくて、ダジャレでしょ。でも、占《うらな》い師《し》さんがなんのご用《よう》？

「占《うらな》ってしんぜよう！　わしは、都《みやこ》で的中率《てきちゅうりつ》ナンバーワン（当社比《とうしゃひ》）なんじゃ。」

意味不明《いみふめい》……。とにかく、占《うらな》いはけっこうです。そんなお金《かね》、持《も》ってないですから。

「だいじょうぶ。ソーウィンの日《ひ》は、王立魔女学校《おうりつまじょがっこう》の生徒《せいと》にかぎり、無料《むりょう》なのじゃ。じつは、わしの母《はは》も魔女学校《まじょがっこう》の卒業生《そつぎょうせい》でな。母《はは》にかわって恩返《おんがえ》しというわけじゃ。ただし……。」

そこで、魔婆死《まさし》さん、にっこり。金色《きんいろ》の口《くち》ひげが、ぴーん！

「そのまえに、かんたんなアンケートに答《こた》えてもらっているのだがな。」

アンケート？　無料《むりょう》？　あ、あやしい……。だいたい、知《し》らない人《ひと》に声《こえ》をかけられて、いそいそとついていくなんていうのは、ぜったいにやっちゃいけないこと。

「けっこうです！」

あたしは、きっぱりとことわると、すたすたと歩《ある》きはじめた。

「いや、アンケートっていうのは、きみのお父《とう》さんのオヤジ度《ど》を知《し》るためのもので……。」

うわっ、あとをついてきたよ。でも、もちろん無視《むし》！

「けっこうです！」

「だ、だったら、占《うらな》いの結果《けっか》だけでも、教《おし》えようじゃないか。」

占《うらな》いの『結果《けっか》』？　まだ、占《うらな》ってもいないのに？　もう、ますます、あやしい！

「……きみは、あの魔女服《まじょふく》を着《き》ることになるじゃろう。しかし、そうなるまでには、かなりの冒険《ぼうけん》をしなければならない。」

ごったがえす人《ひと》の群《む》れをかきわけるあたし。それでも、魔婆死《まさし》さんとかいう、おじさんは、しつこくあとを追《お》ってくる。

「……それから、きみは、来年《らいねん》のいまごろは、魔女学校《まじょがっこう》にはいないだろう……。」

もう、でたらめばっかり！　だって、そうでしょ？　あたしはいま二年生《ねんせい》。来年《らいねん》のいまごろ、魔女学校《まじょがっこう》にいないなら、それは途中《とちゅう》で学校《がっこう》をやめるってことじゃない。それなのに、成績優秀《せいせきゆうしゅう》な卒業生《そつぎょうせい》に贈《おく》られる魔女服《まじょふく》を着《き》るだろうなんて、ありえないことだもの。

あたしは、ふりかえりもせず、ずんずんと足《あし》を速《はや》めた。

「……と、とにかく、そういうことだから、がんばりたまえ……。」

ああ、よかった、おじさんの声《こえ》が遠《とお》ざかっていく。やっとあきらめてくれたみたい。

それにしても、都会《とかい》ってやっぱりこわい。マガズキンとティアーはだいじょうぶかな？

つながりの手鏡《てかがみ》に映《うつ》るといいけど……。

「なまいきなのよ、王立魔女学校《おうりつまじょがっこう》の一年《ねん》のくせに！」

近《ちか》くでどなり声《ごえ》がした。と思《おも》ったら、そのあとすぐに、いいかえす声《こえ》が聞《き》こえてきて。

「なまいきなのは、そっち。ブラックウィッチ学園《がくえん》なんて、成金《なりきん》の集《あつ》まりのくせに。」

……ちょっとまって。いま、王立魔女学校《おうりつまじょがっこう》とか、ブラックウィッチ学園《がくえん》とか、いってたよね。それに、いま、いいかえした女《おんな》の子《こ》の声《こえ》、聞《き》きおぼえがある……。

「成金《なりきん》ですって！　それなら、あんたたちは貧乏貴族《びんぼうきぞく》の集《あつ》まりじゃないの！」

「残念《ざんねん》でした。あたしのお父《とう》さまは王宮配室長《おうきゅうはいしつちょう》よ。国王陛下《こくおうへいか》の側近中《そっきんちゅう》の側近《そっきん》なんだから。」

王宮配室長《おうきゅうはいしつちょう》！　やっぱり、あの声《こえ》はミルフィーユ！

たいへんだよ。私立《しりつ》ブラックウィッチ学園《がくえん》の生徒《せいと》ともめてるんだよ。とにかく、止《と》めに行《い》かなくちゃ！

「王宮配室長《おうきゅうはいしっちょう》？　それじゃあ、あんた、ディエゴの娘《むすめ》？　なーんだ。」

人混《ひとご》みをかきわけるあたしの耳《みみ》に、ブラックウィッチ学園《がくえん》の生徒《せいと》の声《こえ》がとどく。でも、なぜだか、その声《こえ》は、急《きゅう》にバカにしたような響《ひび》きになって。

「つまり、メリュジーヌ校長《こうちょう》の孫《まご》なわけね。魔神第三階級出身《まじんだいかいきゅうしゅっしん》の、魔妖精《まようせい》の！」

「な、なんて失礼《しつれい》な！　もうゆるせない！　黒死呪文勝負《こくしじゅもんしょうぶ》を受《う》けて立《た》ちなさいよ！」

黒死呪文勝負《こくしじゅもんしょうぶ》!?　ミルフィーユ！　いったい、なんてことをいうの！

あたしは、必死《ひっし》になって、声《こえ》のほうへ走《はし》った。そして、ようやく人《ひと》のかべがとぎれたところで、目《め》に飛《と》びこんできたのは、八人《にん》の女《おんな》の子《こ》たち。

五人《にん》は、青《あお》ブラウスと銀色《ぎんいろ》スカートという私立《しりつ》ブラックウィッチ学園《がくえん》の制服姿《せいふくすがた》。それをにらみつけるミルフィーユと、うしろでふるえているファビオラとジェマ。

「黒死呪文勝負《こくしじゅもんしょうぶ》？　のぞむところよ。でも、どうなっても知《し》らないわよ。」

ブラックウィッチ学園《がくえん》の生徒《せいと》がそういったとたん、ミルフィーユが目《め》を閉《と》じた。

「サタンよ、ベルゼブルよ、そして墓《はか》の上《うえ》をさまよう者《もの》よ、我《われ》の……。」

「やめなさい！」

目《め》を開《あ》けたミルフィーユが、はっと息《いき》をのんだ。

「桃花先輩《とうかせんぱい》……。」

「あなた、なにをやってるの！　ファビオラもジェマも別《べつ》の部屋《へや》の生徒《せいと》でしょう！　つねに同《おな》じ部屋《へや》の生徒《せいと》とともに行動《こうどう》することになっていること、わすれたの？」

「そういうあんたは、どうなの？」

青《あお》ブラウスの生徒《せいと》が、あたしを見《み》つめていた。見《み》くだすような目《め》つき、ばかにしたようなうす笑《わら》い。あなたは、去年《きょねん》のマーボンのサバトの日《ひ》に、なんくせをつけてきた人《ひと》……。

「ひさしぶり。ところで、あんたのルームメイトはどこ？　まさか、ひとり？　だったら、あんたに、下級生《かきゅうせい》をえらそうに注意《ちゅうい》する資格《しかく》なんか、ないんじゃない？」

それを聞《き》いて、まわりの四人《にん》の生徒《せいと》も、ゲラゲラ笑《わら》ってる。

「ひどい上級生《じょうきゅうせい》ね。校長《こうちょう》が校長《こうちょう》なら、生徒《せいと》も生徒《せいと》。質《たち》の悪《わる》い人《ひと》たちばっかりだわ。」

なんてことを！　あたしはともかく、メリュジーヌ先生《せんせい》のことを悪《わる》くいうなんて！

「なにか文句《もんく》あるみたいね。だったら、あんたが、黒死呪文勝負《こくしじゅもんしょうぶ》する？　一年《ねん》まえ、あんたがしっぽをまいて逃《に》げた勝負《しょうぶ》、決着《けっちゃく》つけましょうか？」

なんなの、この人《ひと》たち。なにかというと黒死呪文《こくしじゅもん》の勝負《しょうぶ》をしたがって。街《まち》のなかでそんなことをしたら、退学処分《たいがくしょぶん》になりかねないのは、ブラックウィッチ学園《がくえん》も同《おな》じはずなのに。

「あら、こわいの？　やっぱり、メリュジーヌの教《おし》え子《ご》は、腰《こし》ぬけばかりなのね。」

また、メリュジーヌ先生《せんせい》の悪口《わるくち》を！　もう、あたし、完全《かんぜん》にキレました！

「わかりました！　受《う》けて立《た》ちます！」

そういって、相手《あいて》にむかって、一歩《ぽ》、にじりよったとき。

こつん。

腰《こし》のあたりに、なにかかたいものが、当《あ》たった感《かん》じが。なんだろ……。

ポケットに手《て》をつっこむと、筒《つつ》のようなものが入《はい》ってる。

『黒死呪文勝負《こくしじゅもんしょうぶ》をするのは、あたしぐらいの実力《じつりょく》がないとな。おまえじゃ、まだ無理《むり》。』

頭《あたま》のなかに、声《こえ》がよみがえった。そう、ギュービッド先輩《せんぱい》の声《こえ》……。

そうだ、これ、ギュービッド先輩《せんぱい》にもらった、ダイナマイト……。

『これから、かっとなったときは、ポケットに手《て》をつっこんで、ダイナマイトをにぎるのさ。で、みんながふっ飛《と》んだところを想像《そうぞう》すると、それで怒《いか》りがおさまるってわけ。』

先輩《せんぱい》の声《こえ》にみちびかれるように、ポケットのなかのダイナマイトをにぎった。すると、雪《ゆき》がとけるみたいに、怒《いか》りがすうっと消《き》えていき……。

「いい度胸《どきょう》してるじゃないの。だったら、はじめようか。」

青《あお》い制服《せいふく》の女《おんな》の子《こ》が、不敵《ふてき》な笑《え》みを浮《う》かべながら、目《め》の前《まえ》に立《た》ちはだかった。

「同時《どうじ》に黒死呪文《こくしじゅもん》をかけあって、ぶっ飛《と》んだほうが負《ま》け。おたがい、ケガしようがどうなろうが、知《し》ったこっちゃない。そういうルールでどう？」

相手《あいて》はやる気満々《きまんまん》。でも、冷静《れいせい》になったあたしには、そんな気持《きも》ちはすっかりなく。

といって、受《う》けて立《た》つっていっちゃったし……。どうしよう……。

そうしたら、またギュービッド先輩《せんぱい》の声《こえ》がよみがえって。

『あいつらにからまれたら、ふつうは、「すいませーん！」って、逃《に》げ帰《かえ》るもんなのに』。

そうか、逃《に》げればいいんだ！　とはいえ、あたしだけ逃《に》げるわけにはいかないし……。

「いいですよ。ただ、ちょっと待《ま》ってもらえますか？」

そういうと、あたしは、ミルフィーユたちをふりかえった。

「ミルフィーユ！　それにファビオラもジェマも、すぐに学校《がっこう》に帰《かえ》りなさい！」

「で、でも……。」

「生活監督官《せいかつかんとくかん》の命令《めいれい》よ！　そむくなら、次《つぎ》のサバトの外出許可《がいしゅつきょか》を取《と》り消《け》すわよ！」

そのとたん、ファビオラとジェマが、ミルフィーユの腕《うで》に飛《と》びついた。

「ミルフィーユ、いわれたとおりにしよう。」

「だけど……。」

「いいから早《はや》く！」

ファビオラとジェマが、ミルフィーユをひきずっていく。そのあいだ、ミルフィーユは、緑色《みどりいろ》の瞳《ひとみ》であたしを見《み》つめていた。が、やがて、それも人垣《ひとがき》のむこうに消《き》えて……。

「なるほど、下級生《かきゅうせい》に、ぶざまな姿《すがた》は見《み》せたくないってことね。」

青《あお》い制服《せいふく》の女《おんな》の子《こ》が、にんまりとした。

「それじゃあ、はじめようか。」

あたしは、鼻《はな》と鼻《はな》がくっつきそうなぐらい、相手《あいて》に近《ちか》づくと、目《め》を閉《と》じた。

「サタンよ、ベルゼブルよ、そして墓《はか》の上《うえ》をさまよう者《もの》よ……。」

「サタンよ、ベルゼブルよ、そして墓《はか》の上《うえ》をさまよう者《もの》よ……。」

二つの呪文《じゅもん》が重《かさ》なりあう。あとは、タイミングを見《み》て、走《はし》るだけ……。

「我《われ》のいけにえを……。」

「我《われ》のいけにえを受《う》けとり……。」

相手《あいて》が、息《いき》を吸《す》いこんで、一瞬《いっしゅん》、呪文《じゅもん》がとぎれる。

いまだ！

あたしが、ぱっと目《め》を開《あ》けて、走《はし》りだそうとしたとき！

ピーッ！

するどい笛《ふえ》の音《おと》がした。と同時《どうじ》に、ばらばらと、いくつもの黒《くろ》い影《かげ》が飛《と》びだしてきて。

黒《くろ》い制服《せいふく》。黒《くろ》い制帽《せいぼう》。ま、魔界警察官《まかいけいさつかん》……。

「街中《まちなか》で、黒死呪文《こくしじゅもん》とはどういうことだ！　署《しょ》まで来《き》てもらおう！」

い、いや、これにはわけが……。

「おい、逃《に》がすな！　ルキウゲ・ルキウゲ・デテネーレ！」

ドクロのあごが、カタカタと動《うご》いた瞬間《しゅんかん》、目《め》の前《まえ》がまっ暗《くら》になって……。

★

ふと、目《め》をさますと、低《ひく》いアーチの天井《てんじょう》が見《み》えた。

あたし、寝《ね》かされてる。でも、いったいどこ？

「畏《おそ》れ多《おお》き悪魔《あくま》アスタロトよ。汝《なんじ》の知識《ちしき》は死《し》の知識《ちしき》なり。願《ねが》わくは……。」

遠《とお》くから、女《おんな》の人《ひと》の声《こえ》が聞《き》こえる。

「我《われ》らを、左回《ひだりまわ》りの動《うご》きにて、『黒《くろ》い霊力《れいりょく》の国《くに》』へ、導《みちび》きたまえ。」

あの声《こえ》はエレオノーラ先輩《せんぱい》。そして、これはソーウィンのサバトの祈《いの》り。つまり……。

がばっと体《からだ》を起《お》こして、あたりを見《み》まわす。

体《からだ》の下《した》には、緑色《みどりいろ》のベルベットのソファ。その前《まえ》には、あめ色《いろ》のテーブル。そしてかべには、ずらりとならんだ黒魔女《くろまじょ》の肖像画《しょうぞうが》……。やっぱり、ここは校長室《こうちょうしつ》！

「目《め》をさましたかい？」

ぎょっとふりかえると、金髪《きんぱつ》をひっつめにした小《ちい》さな頭《あたま》が見《み》えた。ろうそくの炎《ほのお》がゆれる窓《まど》べに立《た》って、中庭《なかにわ》をじっと見《み》おろしている。

「メリュジーヌ先生《せんせい》！　でも、どうして、ここに……。」

「さっき、魔界警察《まかいけいさつ》から、ひきとってきたんだよ。」

先生《せんせい》がふりかえった。銀《ぎん》ブチめがねが、炎《ほのお》の光《ひかり》に、きらりと光《ひか》る。

「街《まち》のどまんなかで黒死呪文勝負《こくしじゅもんしょうぶ》とは、あきれたよ。あのギュービッドも、そんなことはしなかった。警察《けいさつ》のお世話《せわ》になるようなドジは、ふまなかっただけかもしれないけど。」

冷《つめ》たい声《こえ》をあげながら、メリュジーヌ先生《せんせい》は、反対側《はんたいがわ》のソファに腰《こし》をおろした。

「とりあえず、それぞれの学校《がっこう》で、しっかり注意《ちゅうい》をするっていう約束《やくそく》で、罪《つみ》には問《と》わないようにしてもらったよ。警察署長《けいさつしょちょう》とは、ちょっとした知《し》り合《あ》いでね。ずいぶんと頭《あたま》をさげなければならなかったけどね。」

先生《せんせい》が頭《あたま》をさげた？　そう聞《き》いただけで、涙《なみだ》が、ぼとぼととこぼれおちてきた。

「すいませんでした！　ほんとうにごめんなさい！　どうおわびをしたらいいか……。」

「前代未聞《ぜんだいみもん》の不祥事《ふしょうじ》だからね。ただじゃすませないよ。」

「わかっています。退学《たいがく》にしてください。それだけのご迷惑《めいわく》をおかけ……。」

バーンと、大《おお》きな音《おと》がした。と、思《おも》ったら、バタバタっと大《おお》きな足音《あしおと》が。

「ちょっと待《ま》ってください！」

え？　マガズキン？　それにティアーまで！

「なんなんだい、おまえたち！　ノックもしないで……。」

顔《かお》をひきつらせるメリュジーヌ先生《せんせい》。でも、二人《ふたり》とも、そんなことはおかまいなし。

「桃花《とうか》を退学《たいがく》にしないでください！　黒死呪文勝負《こくしじゅもんしょうぶ》は本気《ほんき》じゃなかったんですから！」

「そうですわ、動《うご》かぬ証拠《しょうこ》もありますの！　つながりの手鏡《てかがみ》に、ちゃんと記録《きろく》されていますから、いま呪文《じゅもん》をかけて、ごらんにいれますわ！　ルキウゲ・ルキウゲ……。」

ティアー、やめて！　ミルフィーユたちがいっしょだったことが、ばれちゃう……。

「しずかにおし！」

メリュジーヌ先生《せんせい》のどなり声《ごえ》に、さすがのマガズキンとティアーも、かたまった。

「そんなもの、見《み》る必要《ひつよう》はないよ！　おまえたちの魔法鏡《まほうかがみ》に見《み》えることぐらい、とっくにお見通《みとお》しなんだよ！」

え？

「だいたい、退学《たいがく》だなんて、だれがいった？　学校《がっこう》をやめれば、それでおしまいなんて、そんな虫《むし》のいい話《はなし》はないんだからね。」

メリュジーヌ先生《せんせい》は、緑色《みどりいろ》の瞳《ひとみ》で、あたしを見《み》すえた。

「桃花《とうか》、おまえには学校《がっこう》に残《のこ》ってもらうよ。そして、最後《さいご》まで生活監督官《せいかつかんとくかん》をつづけてもらう。今回《こんかい》のことは全校《ぜんこう》に知《し》れわたっている。まわりから白《しろ》い目《め》で見《み》られるだろうけど、おまえが、泣《な》こうがわめこうが、きっちりと仕事《しごと》をしてもらう。それがつぐないだよ。」

ああ、メリュジーヌ先生《せんせい》。なんて、やさしい先生《せんせい》なんだろ……。

「桃花《とうか》！　よかったね！」

「あたくし、人生《じんせい》のなかで、いっとう、ほっとしましたわ！」

うん、ありがとう……。もう、あたし、涙《なみだ》が止《と》まらない……。

「いつまで泣《な》いてるんだい！　そのじゅうたん、高《たか》いんだよ！　おまえのピンク色《いろ》の涙《なみだ》で、よごれたら、どうするつもりだい！」

す、すいません……。

「わかったら、三人《にん》とも、サバトに行《い》っといで！　こっちは、魔界警察《まかいけいさつ》でぺこぺこしつづけで、つかれてるんだから！」

5　仮面舞踏会《かめんぶとうかい》

「ブレンダ！　魔力増強《まりょくぞうきょう》ワインを飲《の》んだふりして、捨《す》てたそうね！　これは重大《じゅうだい》な校則違《こうそくい》反《はん》よ。今日《きょう》の『最低《さいてい》の部屋《へや》』は、あなたの部屋《へや》に決定《けってい》よ！」

「……すいません、桃花先輩《とうかせんぱい》。」

一年生《ねんせい》のブレンダが頭《あたま》をさげた。でも、口《くち》をとがらせているし、そばかすだらけのお顔《かお》には、不満《ふまん》そうな表情《ひょうじょう》がありありと浮《う》かんでる。

校則違反《こうそくいはん》だなんて、よくいえますね。そう思《おも》ってるみたいで。うしろを通《とお》りすぎる、二年生《ねんせい》や三年生《ねんせい》たちも、あたしの背中《せなか》に、冷《ひ》ややかな目《め》をむけているのがわかる。

あんな大騒《おおさわ》ぎを起《お》こしておいて、よく平気《へいき》でいられるよね。そういってるみたいで。

でも、あの大失敗《だいしっぱい》から、もうすぐ五か月《げつ》。だいぶ、あたしもなれてきて。

もちろん、つらいときもあったし、ときには、むかっとくることもあった。けど、メ

リュジーヌ先生《せんせい》に「それがつぐないだよ。」って、いわれたとき
は、ギュービッド先輩《せんぱい》がくれたダイナマイトで、怒《いか》りをおさえることもできたし。つらく
ても、がんばらなくちゃいけないのは、わかってたし。
それに、明日《あした》は春分《しゅんぶん》の日《ひ》。エオスターラのサバト。つまり、あと十日《とおか》もたてば、二年生《ねんせい》
も、そして生活監督官《せいかつかんとくかん》の仕事《しごと》も終《お》わり。
暗御留燃阿《あんごるもあ》先輩《せんぱい》やエレオノーラ先輩《せんぱい》みたいに、三年生《ねんせい》で『高等女司祭《ハイ・プリーステス》』にはなれないだ
ろうけど、それだって、とっくに覚悟《かくご》してる。だいたい、退学処分《たいがくしょぶん》になってもおかしくな
かったのに、ティアーやマガズキンといっしょに暮《く》らせて、お勉強《べんきょう》もつづけられて、ふつ
うに卒業《そつぎょう》できるんだもの。それだけでも感謝《かんしゃ》しなくちゃ。
「みんな、もうすぐ夜《よる》の自主練《じしゅれん》の時間《じかん》よ！　さっさとお部屋《へや》にもどりなさい！」
回廊《かいろう》じゅうに、声《こえ》を響《ひび》きわたらせたとき、ふと、思《おも》いついた。
そういえば、ティアーとマガズキンは、ちゃんと自主練《じしゅれん》してるのかな。そうだ！
あたしは、ポケットから、つながりの手鏡《てかがみ》をとりだすと、なかをのぞいてみた。
おおっ、見《み》える、見《み》える！

最近《さいきん》、あたしの手鏡《てかがみ》にも二人《ふたり》がしていることが映《うつ》るようになったのよね。それって、たぶん、五か月《げつ》まえの事件《じけん》に関係《かんけい》があると思《おも》うんだ。それまでも、あたしたちのつながりは魔女学校一《まじょがっこういち》だったと思《おも》うけど、あれ以来《いらい》、いっそう大切《たいせつ》な人《ひと》たちになった気《き》がするもの。

そういう意味《いみ》でも、メリュジーヌ先生《せんせい》には感謝《かんしゃ》だなぁ。

って、ありゃ。夜練《よるれん》もせずに、二人《ふたり》ともおしゃべりしてる。ようし、おどかしてやれ！

あたしは、中庭《なかにわ》にそそりたつ、銅像《どうぞう》を見上《みあ》げた。そして……。

「ルキウゲ・ルキウゲ・メタモルフォシナーレ！」

これでよし。あとは、お部屋《へや》に走《はし》っていって、とびらを、バーン！

「こらぁ！　夜練《よるれん》の時間《じかん》に、おしゃべりとは、なにごとですか！」

「あら、桃花《とうか》さん、お仕事《しごと》おつかれさま！」

「さあ、早《はや》くこっちへ来《き》なよ！」

ええっ、なんでおどろかないの？　あたし、「目《め》の前《まえ》の相手《あいて》に変化《へんか》できる魔法《まほう》」で、初《しょ》代校長黒魔女《だいこうちょうくろまじょ》さん「レ・トロワ・フレール」の姿《すがた》に変身《へんしん》しているのに。

「だって、あたくしたち、変身《へんしん》しているところ、拝見《はいけん》していましたもの。」

「これでね～。」

あ、二人《ふたり》が持《も》ってるの、つながりの手鏡《てかがみ》。

がくっ。そ、そうだよね、こっちが二人《ふたり》のやっていることが見《み》えるように、二人《ふたり》にもあたしのことが見《み》えるんだよね。そんなことにも気《き》づかないなんて、バカすぎ……。

「それより、いい話《はなし》があるんだよ。そんな気味《きみ》の悪《わる》いかっこ、やめて、こっちへ来《き》なよ。」

はいはい……。

「ルキウゲ・ルキウゲ・デメタモルフォシナーレ。」

あたしは、変身魔法《へんしんまほう》を解除《かいじょ》すると、すごすごと、二人《ふたり》のとなりへ。

で、いい話《はなし》ってなに？

「じゃーん！」

ティアーが、セレブらしからぬ声《こえ》をあげてとりだしたのは、三枚《まい》のカード。

なにこれ？

「仮面舞踏会《かめんぶとうかい》の招待状《しょうたいじょう》ですわ！」

はあ？『カメをぶとうかい』？　そんなのかわいそうじゃない！

「ちがうって。仮面舞踏会《かめんぶとうかい》！　仮面《かめん》をつけて参加《さんか》するダンスパーティだよ！」

うわ、はずかしい！　あたしが育《そだ》った田舎《いなか》じゃ、舞踏会《ぶとうかい》なんて、だれも見《み》たことないから。とんだはじをかいちゃった……。

「そんなことないよ。あたしだって、舞踏会《ぶとうかい》へ行《い》くの、はじめてだもん。」

舞踏会《ぶとうかい》に行《い》く？　無理《むり》、無理《むり》！　あたし、ダンスなんてしたことないもの！

「だいじょうぶですわ！　すてきな殿方《とのがた》が、リードしてくださいましてよ。」

「魔女学校《まじょがっこう》の生徒《せいと》が舞踏会《ぶとうかい》だなんて、めったにないことなんだぞ。だいたい、ティアーのお母《かあ》さんが送《おく》ってくださった招待状《しょうたいじょう》を、むだにするわけにはいかないだろ？」

だけど、舞踏会《ぶとうかい》にはドレスが必要《ひつよう》なんでしょ？　あたし、そんなもの持《も》ってないし。

「だいじょうぶ、会場《かいじょう》で貸《か》していただけますから。アルマーニ・プリヴェでも、エリー・サーブでも、なんでもそろってますのよ。しかも、全部《ぜんぶ》オートクチュールですの！」

な、なにをいわれてるのか、ぜんぜん、わからない……。

「とにかく、行《い》こうな！　さあ、明日《あした》のために、今日《きょう》は早《はや》く寝《ね》よう！」

いうだけいうと、マガズキンもティアーも、とっととベッドにもぐりこんでしまい。

ちょっと、夜練《よるれん》は？　それに、あたしは消灯《しょうとう》の号令《ごうれい》をかけなくちゃいけないから、まだ寝《ね》られないし。でも、二人《ふたり》がこうと決《き》めたら、変《か》えられないのもたしかなわけで。

ああ、二年生最後《ねんせいさいご》のサバトなのに、とんでもないことになっちゃった……。

★

次《つぎ》の日《ひ》。

エオスターラのサバトで、うきうきする生徒《せいと》たちにまじって、あたしたちは、魔女学校《まじょがっこう》の正門《せいもん》を出《で》た。ところが、ティアーったら、途中《とちゅう》で道《みち》をそれたかと思《おも》うと、草《くさ》むらのなかに開《ひら》けた、細《ほそ》い小道《こみち》へ。いったい、どこへ行《い》くのかと思《おも》っていたら、やがて目《め》の前《まえ》には、ごうごうと音《おと》をたてて流《なが》れる川《かわ》があらわれて。

「あそこですわ！　ほら、ボートが見《み》えまして？」

ほんとだ。川辺《かわべ》に小《ちい》さな船着《ふなつ》き場《ば》があって、そこに黒《くろ》いボートが一艘《そう》つながれてる。五、六人《にん》が乗《の》ったら、もういっぱいになりそうな小《ちい》さなボートだけど、へさきがドラゴンの頭《あたま》の形《かたち》になってて、けっこうかっこいい。

「だけど、ティアー。舞踏会《ぶとうかい》って、街《まち》で開《ひら》かれるんじゃないの？」

「いいえ、今日《きょう》は、川《かわ》むこうのプレラチ城《じょう》で開《ひら》かれるんですわ。」

プレラチ城《じょう》？　それ、授業《じゅぎょう》で聞《き》いたおぼえがあるけど……。

「ええ、その昔《むかし》、伝説《でんせつ》の魔法使《まほうつか》いプレラチさまが住《す》んでいたお城《しろ》ですわ。」

そうだ！　人間界《にんげんかい》で、ジル・ド・レエ公爵《こうしゃく》に黒魔法《くろまほう》を教《おし》えこんだ魔法使《まほうつか》いよね！　それで、ジル・ド・レエ公爵《こうしゃく》は、人間《にんげん》の子《こ》どもたちを黒《くろ》ミサのいけにえにしたことで、火《ひ》あぶりの刑《けい》にされたんだっけ。

すると、マガズキンが、にんまり。

「桃花《とうか》、実際《じっさい》のジル・ド・レエは、公爵《こうしゃく》じゃなくて男爵《だんしゃく》なんだ。公爵《こうしゃく》っていわれるのは、ジル・ド・レエをモデルにした『青《あお》ひげ』っていうお話《はなし》のせいなんだ。これは、人間界《にんげんかい》のペロー童話《どうわ》やグリム童話《どうわ》に入《はい》ってる話《はなし》で、そこでは、子《こ》どもをいけにえにしたんじゃなくて、次々《つぎつぎ》と奥《おく》さんをもらっては殺《ころ》していた恐怖《きょうふ》の公爵《こうしゃく》として、語《かた》られてるんだよ。」

く、くわしい。さすがは作家《さっか》をめざしているだけのことはあるわね。

「さあ、船《ふね》に乗《の》りましょう！」

ティアーは、はずむような足《あし》どりで船着《ふなつ》き場《ば》へ。すると、ボートにおいてあった、茶色《ちゃいろ》のぼろ布《ぬの》が、むくむくっと動《うご》いたかと思《おも》うと、たちまち人《ひと》の姿《すがた》になって！

「お待《ま》ちしておりました。」

わわっ、ぼろ布《ぬの》の下《した》には、ガイコツが！

「船頭《せんどう》でございます。さあ、足《あし》もとにお気《き》をつけになって、お乗《の》りください。」

むきだしの骨《ほね》の手《て》が、にゅっとのびてくる。手《て》をとってくれるのはありがたいけど、すごく冷《つめ》たい……。

「それでは、まいりましょう。」

ガイコツ船頭《せんどう》さんのひと声《こえ》で、ドラゴンのボートが、するするっと川《かわ》のなかへ。

あれ？　船《ふね》のへさきに、なにか黄色《きいろ》くてまるいものが三つあるよ。なんだろ？

「船頭《せんどう》さんのお仲間《なかま》カボチャですわ。」

ティアーが、そういったとたん、お仲間《なかま》カボチャとやらが、くるり。ふりかえったお顔《かお》には、目《め》が三角《さんかく》、鼻《はな》はまる、口《くち》はぎざぎざに穴《あな》が開《あ》いていて。

「ジャックでーす。」

「オウでーす。」

「ランタンでーす。」

「三つそろって、ジャック・オウ・ランタンでーす。」

わっ、しゃべった！

「お城《しろ》へは十分《ぷん》でつくよ、ジャック。」

「船酔《ふなよ》いの心配《しんぱい》はないよ、オウ。」

「景色《けしき》も楽《たの》しんでね、ランタン。」

「三つそろって、ジャック・オウ・ランタンでーす。」

……なんか、うるさい。でも、そんなこといっちゃだめよね。このカボチャさんたちのおかげで、安全《あんぜん》に川《かわ》をわたれるんだから。

「見《み》ろよ、桃花《とうか》！　プレラチ城《じょう》だぞ！」

船《ふな》べりから、身《み》をのりだすマガズキン。その指《ゆび》の先《さき》に、こげ茶色《ちゃいろ》のお城《しろ》があった。森《もり》におおわれた丘《おか》の上《うえ》にそそりたつお城《しろ》は、とってもりっぱ。塔《とう》が三つもあるし、尖頭《せんとう》アーチの窓《まど》がいっぱいついているし。

だけど、ずいぶんすすけてるね。それに、ところどころくずれているところもあるし。

なんだか、だれも住《す》んでいないみたい。

「そうですわ。プレラチ城《じょう》は『廃城《はいじょう》』といって、いまはもう使《つか》われていませんの。」

「でも、だからこそ見学《けんがく》の価値《かち》があるんだよなぁ。」

マガズキンが、灰色《はいいろ》の瞳《ひとみ》をぴかぴかさせてる。でも、見学《けんがく》って、どういうこと？

「ほんとはさ、あたし、ダンスなんか、どうでもいいの。興味《きょうみ》があるのはお城《しろ》！　だって、プレラチ城《じょう》には、『青《あお》ひげ』の話《はなし》と、同《おな》じしかけがあるらしいんだ。」

同《おな》じしかけ？

そうしたら、マガズキンったら、『青《あお》ひげ』のお話《はなし》を語《かた》りだしちゃって。

「いいか？　ある娘《むすめ》が、青《あお》ひげは恐怖《きょうふ》の殺人鬼《さつじんき》だとも知《し》らずに、結婚《けっこん》する。で、あるとき、青《あお》ひげが旅《たび》に出《で》ることになった。そのとき、青《あお》ひげは、娘《むすめ》に鍵《かぎ》のたばをわたす。」

川《かわ》を進《すす》むボートのなかで、マガズキンは、得意《とくい》そうに話《はなし》をつづけた。

「『この館《やかた》には、たくさんの部屋《へや》がある。どの部屋《へや》に入《はい》ってもいいが、このいちばん小《ちい》さな鍵《かぎ》で開《あ》く、廊下《ろうか》のつきあたりの部屋《へや》には、ぜったいに入《はい》ってはならないぞ。』。ところが、そういわれると、見《み》たくなるのが人情《にんじょう》ってもんだろ？　で、娘《むすめ》がそこを開《あ》けると……。」

マガズキンは、急《きゅう》にこわい顔《かお》になって。

「いままでに、青《あお》ひげが殺《ころ》した奥《おく》さんたちの死体《したい》だよ！　五、六人《にん》は殺《ころ》されてたんだ！」

うっそ！　ちょっと、それ、こわすぎる……。

「いちばんビビったのは、娘《むすめ》さ。あまりの恐怖《きょうふ》に、鍵《かぎ》を落《お》としちゃった。で、床《ゆか》は血《ち》の海《うみ》だったから、鍵《かぎ》に血《ち》がついた。」

ね、ねえ、これから舞踏会《ぶとうかい》なんだよ。こわい話《はなし》はもうやめて。

「これからがおもしろいところなんだよ。なんと、ちょうどそのとき、青《あお》ひげが帰《かえ》ってきちゃったんだ。娘《むすめ》はあわてて部屋《へや》を閉《し》めた。そして、鍵《かぎ》についた血《ち》をふきとろうとした。だって、そのままじゃ、部屋《へや》を開《あ》けたことが、青《あお》ひげにばれちゃうからね。ところが、なんと、いくらふきとっても、鍵《かぎ》についた血《ち》が消《き》えないんだ！」

ほ、ほんと、お願《ねが》いだから、もうやめて……。

「船《ふね》がついたよ、ジャック。」

「青《あお》ひげの話《はなし》のつづきは、またこんど、オウ。」

「舞踏会《ぶとうかい》、楽《たの》しんできてね、ランタン。」

「三つそろって、ジャック・オウ・ランタンでーす。」

ああ、助《たす》かった！　ジャック・オウ・ランタンさんたちのセリフ、ちょっとうるさいなって、思《おも》ってたけど、こんどばかりは大歓迎《だいかんげい》です！

というわけで、あたしたちは、ボートをおりると、お城《しろ》へつづく道《みち》をのぼっていき。

そして、三十分後《ぷんご》。

「うわあ！　すっごい豪華《ごうか》じゃないか！」

マガズキンが大声《おおごえ》をあげた。それもそのはず、お城《しろ》のアーチの入《い》り口《ぐち》には、赤《あか》や黄色《きいろ》の幕《まく》がかかげられ、たくさんのお花《はな》でかざりたてられているんだもの。

入《い》り口《ぐち》の左右《さゆう》に大《おお》きなかがり火《び》がたかれ、その前《まえ》には、黒地《くろじ》に金《きん》の刺繍《ししゅう》をほどこした制《せい》服《ふく》とベレー帽《ぼう》を身《み》につけた門番《もんばん》が立《た》ってる。そして、あたりには、色《いろ》とりどりのドレスやタキシードに身《み》をかためた若者《わかもの》たちが、しゃなりしゃなりと、歩《ある》いていて。

ああ、落《お》ちつかない……。なんか、めっちゃ場《ば》ちがいなところに来《き》ちゃったような……。

「これはこれは、ティアーさま。ようこそ、おいでになりました。」

わっ、だ、だれ？　目《め》の前《まえ》で、黒《くろ》いスーツの男《おとこ》の人《ひと》が、うやうやしく頭《あたま》をさげてるよ。

でも、ティアーは、落《お》ちつきはらって、小《ちい》さくあごを動《うご》かして。

「お出《で》むかえ、ご苦労《くろう》さまです。こちらは、あたくしの大切《たいせつ》なお友《とも》だちですわ。」

すると、男《おとこ》の人《ひと》、てかてかの口《くち》ひげを、ぴくぴくさせて、また、にっこり。

「うけたまわっております。マガズキンさまに桃花《とうか》さまですね。ではお召《め》しかえを。」

おめしかえ？

「着《き》がえるってことだよ。」

マガズキンが、そっとあたしの耳《みみ》にささやいてくれた。

あ、そういうこと。もう、なんだか、言葉《ことば》づかいまで、いちいちセレブなんだね。

見上《みあ》げるような入《い》り口《ぐち》をくぐって、お城《しろ》のなかに入《はい》ると、遠《とお》くから、優雅《ゆうが》な音楽《おんがく》が聞《き》こえてくる。どうやら、舞踏会《ぶとうかい》はもうはじまってるみたいで。

「それでは、ティアーさまは、こちらのお部屋《へや》へ。マガズキンさまは、そちら。桃花《とうか》さまは、あちらのお部屋《へや》へどうぞ。」

え？　三人《にん》、ばらばらなの？

そうしたら、黒《くろ》スーツの人《ひと》、バカにしたように、口《くち》ひげをぴくっとさせて。

「お召《め》しかえは、ふつう、おひとりでするものでございますから。」

そう……。でも、これ、仮面舞踏会《かめんぶとうかい》なんでしょ。仮面《かめん》をつけたら、だれがティアーでマガズキンだか、わからなくなる……。

「桃花《とうか》さん、そのための鏡《かがみ》ですわ。」

鏡《かがみ》？　あ、つながりの手鏡《てかがみ》か。

「あたし、お城《しろ》を探検《たんけん》してるからさ、興味《きょうみ》があったら、のぞいてみなよ。おもしろいものが見《み》られるかもよ。」

マガズキンはそういうと、さっさと、お部屋《へや》に入《はい》っていく。

「それでは、桃花《とうか》さん。三時《じ》に、船着《ふなつ》き場《ば》でお会《あ》いしましょう。」

ちょっと、ティアーまで……。ねえ、こんなセレブな場所《ばしょ》で、ひとりにされたら、あたし、どうしたらいいかわからない……。

でも、そのときにはもう、ティアーの姿《すがた》は消《き》えていて。

ああ、どうしよう……。

★

お着《き》がえの部屋《へや》に入《はい》ると、黒《くろ》スーツ姿《すがた》の女《おんな》の人《ひと》が、作《つく》り笑《わら》いを浮《う》かべて待《ま》っていた。

「お嬢《じょう》さまのサイズですと、これがぴったりかと存《ぞん》じますよ。」

そういって、持《も》ってきたのは、純白《じゅんぱく》のドレス。

「アンヌ・ヴァレリー・アッシュの白《しろ》レースのビスチエドレスでございます。くつは、クリスチャン・ルブタンのハイヒールにいたしましょう。すべて、人間界《にんげんかい》からとりよせた、一級品《いっきゅうひん》でございますよ。」

あっけにとられているうち、あたしは、ぱっぱと着《き》がえさせられ。

「仮面《かめん》も、ドレスに合《あ》わせて、純白《じゅんぱく》のベネチアンマスクにいたしましょう。もちろん人間《にんげん》界直輸入《かいちょくゆにゅう》でございます。」

女《おんな》の人《ひと》が見《み》せてくれたのは、鼻《はな》から上《うえ》だけがかくれる、アイマスクとかいうもの。大《おお》きなアーモンド形《がた》にくりぬかれた目《め》、そのまわりにちりばめられたシルバーの飾《かざ》り。そして、右《みぎ》がわには、大《おお》きな羽根飾《はねかざ》りまでついている。

「さあ、お客《きゃく》さま、りっぱな貴婦人《きふじん》になられましたわ！」

鏡《かがみ》に映《うつ》った自分《じぶん》の姿《すがた》を見《み》たとたん、あたし、あまりの派手《はで》さに、はずかしさで逃《に》げだしたくなっちゃった。だって、このドレスの胸《むな》もとも背中《せなか》も、ぱっくり開《あ》いてるし……。

「では、行《い》ってらっしゃいませ。」

深々《ふかぶか》とおじぎをする女《おんな》の人《ひと》に、背中《せなか》をおされて、あたしは大広間《おおひろま》へ。

そのとたん、あまりの豪華《ごうか》さに、足《あし》がすくんでしまい……。

おそろしいほど高《たか》い天井《てんじょう》。巨大《きょだい》なシャンデリアにきらめく、何百《なんびゃく》、いや、何千《なんぜん》ものろうそく。楽団《がくだん》が奏《かな》でる優雅《ゆうが》な音楽《おんがく》に合《あ》わせて、ひしめくようにして踊《おど》る人《ひと》たち。男《おとこ》の人《ひと》は、黒《くろ》や白《しろ》、緑《みどり》のタキシード、女《おんな》の人《ひと》も、赤《あか》や黄色《きいろ》、銀色《ぎんいろ》のドレスで、着《き》かざっている。自分《じぶん》では、派手《はで》すぎると思《おも》っていたこのかっこうも、むしろふつうすぎるくらいで。

っていうか、あたし、どうしたらいいのか、わからない……。

どぎまぎしているうちに、演奏《えんそう》が終《お》わった。男《おとこ》の人《ひと》は、小《ちい》さくおじぎ、女《おんな》の人《ひと》は、スカートをつまんで、右足《みぎあし》をひいて、おじぎ。

あ、あんなこと、しなくちゃいけないんだ。あたし、ぜったい無理《むり》……。

「つづきまして、チャイコフスキーの『花《はな》のワルツ』を演奏《えんそう》いたします。」

大《おお》きな声《こえ》がこだまするると、男《おとこ》の人《ひと》たちが、次々《つぎつぎ》と女《おんな》の人《ひと》たちに近《ちか》づいていった。ほほえみを浮《う》かべながら、その手《て》をとって、なにやらささやいてる。女《おんな》の人《ひと》が、にっこりと笑《わら》い、それから、ペアになって、大広間《おおひろま》のまんなかへ。

な、なるほど。ああやって、パートナーにダンスを申《もう》しこむのね……。

「お嬢《じょう》さん、わたしと踊《おど》っていただけませんか？」

え？

目《め》の前《まえ》に、男《おとこ》の人《ひと》が立《た》っていた。みるからに仕立《した》てのよさそうな黒《くろ》のタキシードを着《き》ている。色《いろ》を合《あ》わせたのか、まっ黒《くろ》のアイマスクの奥《おく》には、ブルーの瞳《ひとみ》が輝《かがや》いていて。

「あ、あの、お嬢《じょう》さんって、あたしのこと、ですか……。」

アイマスクの下《した》で、ひきしまった細《ほそ》い顔《かお》に、やわらかな笑《え》みが浮《う》かぶのがわかった。

「はい。ワルツはお好《す》きでいらっしゃいましょう？」

いや、お好《す》きもなにも、そもそもワルツってなんなのか、わからない……。

「純白《じゅんぱく》のドレスがお似合《にあ》いでいらっしゃる。でも、なにより心《こころ》ひかれるのは、そのピンクの瞳《ひとみ》。どうか、一曲《いっきょく》、お願《ねが》いします。」

ど、どうしよう！　あたし、踊《おど》りなんて、ぜんぜんわからないのに。でも、なんていってことわればいいのか、わからない。それに頭《あたま》がぼうっとしちゃって、声《こえ》すら出《で》ず……。

「その子《こ》は、おやめになったほうがよろしくてよ。」

とつぜん、女《おんな》の人《ひと》の声《こえ》がした。見《み》ると、男《おとこ》の人《ひと》のうしろに、まっ赤《か》なドレスを着《き》た貴婦《きふ》人《じん》が立《た》っていた。黒《くろ》と赤《あか》のアイマスクのむこうから、緑色《みどりいろ》の瞳《ひとみ》がのぞいてる。

「ここでは、かべの花《はな》にもなれない、田舎娘《いなかむすめ》ですもの。」

だ、だれ？　それに、かべの花《はな》っていったい……。

「いやねぇ、そんな言葉《ことば》も知《し》らないの？　かべの花《はな》っていうのはね、ダンスをしてもらえる相手《あいて》を見《み》つけられずに、かべぎわで、ぼうっと立《た》っている女《おんな》の子《こ》のことをいうの。」

赤《あか》いドレスの貴婦人《きふじん》は、そういうと、あたしの手《て》をつかんだ。

「あっちに行《い》ってなさいよ。こんなみすぼらしい姿《すがた》、ほかのかべの花《はな》にも迷惑《めいわく》だわ。」

「き、きみ、さすがにそれは失礼《しつれい》では……。」

男《おとこ》の人《ひと》が顔《かお》をしかめた。けれど、赤《あか》いドレスの貴婦人《きふじん》は、そしらぬ顔《かお》で、男《おとこ》の人《ひと》の背中《せなか》

をぐいっとおして。

「さあ、踊《おど》りましょ。ワルツがはじまりますわ。」

あまりの強引《ごういん》さに、男《おとこ》の人《ひと》、なにもいえず。そのまま、人《ひと》の群《む》れのなかに消《き》えてしまい。

な、なんなの、あの人《ひと》。人《ひと》の手《て》をつかんで、あっちに行《い》けだなんて、ひどすぎ……。

あれ？　あたし、右手《みぎて》になにか、にぎってる……。

ゆっくりと手《て》を開《ひら》くと、きれいにたたんだ小《ちい》さな紙《かみ》きれがあらわれた。なんだろ。あたし、こんなものにぎったおぼえない。もしかして、さっきの貴婦人《きふじん》におしつけられた？

とにかく、中身《なかみ》を見《み》てみよう。どきどきしながら、紙《かみ》を開《ひら》いた。

『つながりの手鏡《てかがみ》を見《み》てください。なにかようすがおかしかったら、右手《みぎて》を小《ちい》さくあげて。だれにも気《き》づかれないように。』

なにこれ！　なんで、あたしがつながりの手鏡《てかがみ》を持《も》っていること、知《し》ってるの！

混乱《こんらん》する頭《あたま》のなかに、ふと、貴婦人《きふじん》の目《め》が浮《う》かんだ。

そういえば、アイマスクのむこうからのぞく瞳《ひとみ》の色《いろ》、緑色《みどりいろ》だった。ってことは……。

ミルフィーユ!?　まさか！　でも、あの声《こえ》は、たしかにミルフィーユの声《こえ》だったよ。

だけど、いったいどうして、ミルフィーユがここに？

あたしは、もういちど、紙《かみ》きれに目《め》をむけた。

『つながりの手鏡《てかがみ》……』。『ようすがおかしかったら……』。

あわてて、つながりの手鏡《てかがみ》をとりだした。広大《こうだい》な大広間《おおひろま》に、楽団《がくだん》が奏《かな》でるワルツが響《ひび》きわたる。そのなかで、手鏡《てかがみ》をのぞきこむと……。

鏡《かがみ》の左半分《ひだりはんぶん》に、ティアーの姿《すがた》が映《うつ》った。金色《きんいろ》のドレスに緑色《みどりいろ》のアイマスクをつけて、くるくると、踊《おど》ってる。そして、鏡《かがみ》の右半分《みぎはんぶん》は……。

まっ黒《くろ》……。なにも映《うつ》ってない……。

ど、どうして！　なぜ、マガズキンが映《うつ》ってないの！

『相手《あいて》が命《いのち》の危険《きけん》にさらされると、ほんものの「つながりの手鏡《てかがみ》」には、その姿《すがた》が映《うつ》らなくなるのです。』

耳《みみ》の奥《おく》に、パジョー先生《せんせい》の声《こえ》が、よみがえった。

命《いのち》の危険《きけん》……。そ、それじゃあ、マガズキンはいま……。

ぼうぜんと顔《かお》をあげるあたしの目《め》に、赤《あか》いドレスの貴婦人《きふじん》が映《うつ》った。男《おとこ》の人《ひと》に手《て》をとられて、くるくると左《ひだり》にまわりながら踊《おど》ってる。でも、緑色《みどりいろ》の瞳《ひとみ》は、じっとあたしに注《そそ》がれていて。

あたしが、そっと右手《みぎて》をあげると、ミルフィーユは、小《ちい》さくうなずきかえした。

6　プレラチ城《じょう》の秘密《ひみつ》

『花《はな》のワルツ』が終《お》わると、ミルフィーユは、ゆっくりと近《ちか》づいてきた。そして、すれちがいざま、緑《みどり》の瞳《ひとみ》で目《め》くばせ。そのまま、なにもいわず、大広間《おおひろま》の外《そと》へと出《で》ていく。

あわてて後《あと》をついていくと、赤《あか》いドレスは、小《ちい》さな部屋《へや》に入《はい》っていく。そこは、あたしがこの白《しろ》いドレスに着《き》がえたところで。

部屋《へや》に飛《と》びこんだあたし、とびらを閉《し》めると、赤《あか》いドレスにむかって、声《こえ》をあげた。

「ミルフィーユ！　あなた、いったいどうして。」

「くわしいことを、話《はな》している時間《じかん》はないんです。それより、だれですか？」

え？

「つながりの手鏡《てかがみ》です。ようすがおかしかったのは、だれですか？」

あ、ああ、そうだった……。

「マガズキンよ。ティアーの姿《すがた》は映《うつ》っているのに、マガズキンの姿《すがた》は見《み》えないのよ。」

ミルフィーユが、くちびるをかんだ。

「マガズキン先輩《せんぱい》が、犠牲《ぎせい》になったんですか……。」

犠牲《ぎせい》？　ちょっと、それ、どういうこと？

アイマスクのむこうから、緑《みどり》の瞳《ひとみ》があたしを見《み》つめた。

「この舞踏会《ぶとうかい》には、ブラックウィッチ学園《がくえん》の生徒《せいと》がまぎれこんでいるんです。去年《きょねん》のソーウィンのサバトのとき、街《まち》であたしにいいがかりをつけてきた五人《にん》です。」

ええ？　ちょっと、どういうことか、あたしにはぜんぜんわからない……。

すると、ミルフィーユは、ふうっとためいきをついて。

「これは、復讐《ふくしゅう》なんですよ。先輩《せんぱい》への。」

それから、ミルフィーユが語《かた》ってくれた話《はなし》は、おどろくべきものだった。

「ソーウィンのサバトの日《ひ》、街中《まちなか》で黒死呪文《こくしじゅもん》を使《つか》ったことで、桃花先輩《とうかせんぱい》、魔界警察《まかいけいさつ》につかまりましたよね。あのとき、ブラックウィッチ学園《がくえん》の生徒《せいと》もつかまっていたんです。」

でも、魔界警察《まかいけいさつ》は、今回《こんかい》ははじめてだからということで、そのまま、五人《にん》を学園《がくえん》に帰《かえ》した。ここまでは、あたしと同《おな》じ。でもそのあとがちがったんだそうで。

「ブラックウィッチ学園《がくえん》は、五人《にん》に罰《ばつ》をあたえたんです。いままでの成績《せいせき》をすべて剝奪《はくだつ》、つまり、落第《らくだい》ってことです。」

な、なんて、きびしいの！　あたしも、メリュジーヌ校長《こうちょう》にしかられたけど、それは生《せい》活監督官《かつかんとくかん》の仕事《しごと》をきちんとこなすようにという、『はげまし』みたいなものだったのに。

「そうです。それで、ヘカテは、桃花先輩《とうかせんぱい》のことを逆《さか》うらみしたんですよ。」

ヘカテ？

「五人《にん》のうちのリーダー格《かく》の生徒《せいと》です。あたしや、先輩《せんぱい》に黒死呪文勝負《こくしじゅもんしょうぶ》をしかけてきた、あの生徒《せいと》です。」

ヘカテ。それは、もともと古代《こだい》の女神《めがみ》の名前《なまえ》。それもただの女神《めがみ》じゃない。別名《べつめい》『死《し》の女神《めがみ》』、あるいは『死者《ししゃ》たちの女王《じょおう》』とも呼《よ》ばれる、おそろしい女神《めがみ》。

『同時《どうじ》に黒死呪文《こくしじゅもん》をかけあって、ぶっ飛《と》んだほうが負《ま》け。おたがい、ケガしようがどうなろうが、知《し》ったこっちゃない。そういうルールでどう？』

あのときの、見《み》くだすような目《め》つき。ばかにしたようなうす笑《わら》い。思《おも》いだすだけで、ぞっとしてくる……。

「ねえ、ちょっとまって。あなた、どうして、そんなこと知《し》ってるの？」

「お父《とう》さまから聞《き》いたんです。」

そういえば、ミルフィーユのお父《とう》さんって、王宮配室長《おうきゅうはいしつちょう》のディエゴさんだったよね。

「この舞踏会《ぶとうかい》へも、お父《とう》さまから、行《い》ってみなさいと、いわれたんです。いまのうちから社交界《しゃこうかい》に出入《でい》りしておくと、将来《しょうらい》、役《やく》に立《た》つだろうからって。」

さ、さすが、家柄《いえがら》のいい人《ひと》はちがう……。

「それで、いったいどんな方《かた》が参加《さんか》されるんだろうと思《おも》って、いろいろ調《しら》べたんです。すると、招待客《しょうたいきゃく》のなかに、ヘカテたち五人《にん》が入《はい》っているじゃないですか。ヘカテの父親《ちちおや》は、ヘルメス公爵《こうしゃく》といって、お金《かね》で爵位《しゃくい》を買《か》った成金《なりきん》です。それでも、いちおう貴族《きぞく》なんで、その娘《むすめ》が招待《しょうたい》されるのはふしぎじゃないんですが、でも、先輩《せんぱい》たちも公爵《こうしゃく》の招待客《しょうたいきゃく》のリストに入《はい》っているのを知《し》って、これはおかしいって！」

ヘルメス公爵《こうしゃく》の招待客《しょうたいきゃく》？　あたしたちが？　ちがうよ、ミルフィーユ。あたしたちは、ティアーのお母《かあ》さんから招待状《しょうたいじょう》をいただいたんで……。

「そこから、陰謀《いんぼう》ははじまっていたんですよ！　きっと、ヘカテが父親《ちちおや》にたのんで、先輩《せんぱい》たちを招待客《しょうたいきゃく》にしたんですよ。そして、ヘカテは、招待状《しょうたいじょう》を作《つく》りなおしたんです！」

なんて、手《て》のこんだことを！

「だけど、ミルフィーユ。どうして、マガズキンがねらわれるの？　ヘカテたちが復讐《ふくしゅう》したいのは、あたしなんでしょ？　それならあたしをねらえばいいのに。」

そうしたら、ミルフィーユったら、下《した》くちびるをかんで。

「それが、あたしにもわからないんです。ただ、たまたま、マガズキン先輩《せんぱい》をつかまえやすかったんじゃないでしょうか。」

たしかに、マガズキンは、創作《そうさく》の参考《さんこう》にするために、お城《しろ》のなかを見《み》てまわるつもりだって、いってた……。

「マガズキン先輩《せんぱい》と桃花先輩《とうかせんぱい》がなかよしなのは、ヘカテもわかってるはず。友《とも》だちを傷《きず》つけられれば、桃花先輩《とうかせんぱい》はひどく後悔《こうかい》する。それが復讐《ふくしゅう》になるんじゃないかと……。」

ああっ！　もう、ぜったいにゆるせないよ！　とにかく、マガズキンをさがさなくちゃ！

「でも、どうやって？　このお城《しろ》には何百《なんびゃく》もの部屋《へや》があるんですよ。」

いくつあろうが、さがすのよ！　つながりの手鏡《てかがみ》に姿《すがた》が映《うつ》らないのは、命《いのち》の危険《きけん》にさらされているってことなんだから！

「ミルフィーユ。悪《わる》いけど、ティアーを連《つ》れて、先《さき》に学校《がっこう》にもどっててくれる？　このうえ、ティアーまでねらわれたら、たいへんだもの。」

「はい！　わかりました！　あ、それから、これ、持《も》っていってください！」

ミルフィーユが出《だ》したのは小《ちい》さなガラスびん。なかには、茶色《ちゃいろ》い液体《えきたい》が入《はい》ってる。

「移動魔法薬《いどうまほうやく》です。マガズキン先輩《せんぱい》を見《み》つけたら、これで逃《に》げてください。」

あたしは、なんだか、胸《むね》がいっぱいになった。

「……いろいろ、ありがとう、ミルフィーユ。」

すると、ミルフィーユは、アイマスクの奥《おく》の目《め》を、ぱちぱちさせて。

「いいえ、こちらこそ、ありがとうございました。」

なに？　あたし、お礼《れい》をいわれるようなこと、してないけど？

「ソーウィンのサバトの事件《じけん》の原因《げんいん》は、ほんとうはあたしだったこと、先輩《せんぱい》はだまっていてくださいました。それに……。」

それに？

「先輩《せんぱい》に、きびしくしていただいて、いい勉強《べんきょう》になりました。あたし、二年《ねん》になったら、生活監督官《せいかつかんとくかん》になりたいと思《おも》ってるんです。もし、なれたら、ぜったいに、桃花先輩《とうかせんぱい》みたいに、下級生《かきゅうせい》にきびしく指導《しどう》したいです！」

「……そう。がんばってね。」

あたしは、うなずきかえすと、お部屋《へや》を飛《と》びだした。

★

外《そと》に出《で》るとすぐ、目《め》の前《まえ》に大《おお》きな階段《かいだん》があった。

石《いし》の床《ゆか》に、石《いし》の手《て》すり。どちらも、ぶ厚《あつ》いほこりがつもってる。

あの豪華絢爛《ごうかけんらん》な大広間《おおひろま》とは、大《おお》ちがい。というか、今日《きょう》の舞踏会《ぶとうかい》のために、あそこだけ、きれいにかざったらしく。

いまはだれも使《つか》っていないって話《はなし》だったけど、廃城《はいじょう》になってから、そうとう時間《じかん》がたっているみたい。それこそ、魔法使《まほうつか》いプレラチがこの世《よ》を去《さ》ってから、だれひとり、ここには、足《あし》をふみいれていないのかも。

遠《とお》くから優雅《ゆうが》なワルツが聞《き》こえるけど、それがかえって、よけいに怪《あや》しいふんいきをただよわせていて、正直《しょうじき》、足《あし》がすくむ……。

でも、ビビってるわけにはいかないよ。マガズキンを助《たす》けなくちゃ！

あたしは、大《おお》きく息《いき》を吸《す》いこむと、階段《かいだん》をかけあがった。

コン、コン、コン！

ハイヒールが、派手《はで》な音《おと》をたてるたび、ほこりが、もうもうと舞《ま》いあがる。

ああ、こんなくつじゃ、ちゃんと走《はし》れないよ！　ぬいじゃえ！

はだしになったあたしは、スカートをつまんで、さらにかけあがる。

何段上《なんだんあ》がったんだろう、やがて、がらんとした、広《ひろ》い廊下《ろうか》に出《で》た。

はるか高《たか》みに、小《ちい》さな明《あ》かり取《と》りの窓《まど》がひとつ。でも、それ以外《いがい》に窓《まど》らしきものはなし。廊下《ろうか》は、どんよりとした闇《やみ》につつまれて、どこまでつづいているのかもわからない。

「マガズキン？」

あたしは、うす闇《やみ》にしずむ廊下《ろうか》にむかって声《こえ》をあげた。その声《こえ》は、高《たか》い天井《てんじょう》とかべにこ

だまして、ぼわーんと、広《ひろ》がっていく。

……返事《へんじ》なし。四角《しかく》く切《き》りとられた光《ひかり》のすじのなかで、ゆったりとほこりが舞《ま》うばかり。

とにかく、進《すす》んでみよう。

うす暗《ぐら》い廊下《ろうか》に足《あし》をふみだしたとたん、とびらが見《み》えた。すすけた金色《きんいろ》のドアノブに手《て》をかけた。でも、ぴくりとも動《うご》かない。

鍵《かぎ》がかかってるんだ……。

顔《かお》をあげると、少《すこ》し先《さき》に別《べつ》のドアが見《み》えた。すかさずかけよって、形《かたち》も色《いろ》も同《おな》じドアノブをまわしてみる。でも、やっぱり動《うご》かない。

見《み》ると、その先《さき》にも、ドアがあった。さらにそのむこうにも……。

ドアもドアノブも、まったく同《おな》じドアが、廊下《ろうか》にそって、ずらりとならんでいた。反対《はんたい》のかべをふりかえると、そこにも、同《おな》じようにとびらの列《れつ》が……。

『このお城《しろ》には何百《なんびゃく》もの部屋《へや》があるんですよ。』

うん、たしかにミルフィーユがいってたとおりね。でも……。

『いくつあろうが、さがすのよ！』

さっきは、いせいよくそういったけど、どのドアにも鍵《かぎ》がかかってるんだもの。かたっぱしから開《あ》けることなんか、できないよ。どうしよう……。

あたしは、ぼうぜんとして、廊下《ろうか》を見《み》わたした。形《かたち》も大《おお》きさも、すべてが同《おな》じの、それこそ無数《むすう》のドアの群《む》れを見《み》ていると、頭《あたま》がくらっとしてくる。

って、だめだめ！　しっかりするのよ、あたし。マガズキンを助《たす》けられるのは、あたしだけなんだから。

そう自分《じぶん》にいい聞《き》かせながら、ふうっと、大《おお》きく息《いき》を吸《す》いこむ。そうしたら、ちょっとだけ、気持《きも》ちが落《お》ちついた。それから、もういちど、ドアの群《む》れを見《み》まわした。

すすけた金色《きんいろ》のドアノブ。その下《した》に、黒々《くろぐろ》とした鍵《かぎ》の穴《あな》。

ん？　鍵《かぎ》の穴《あな》？

そういえば、前《まえ》にティアーがいってた。ミルフィーユのお父《とう》さん、そして、メリュジーヌ先生《せんせい》の息子《むすこ》さんが、王宮配室長《おうきゅうはいしつちょう》だって話題《わだい》になったときのこと。その役目《やくめ》は、いったいなんなのか、あたしがきいたら、こういったのよ。

『お城《しろ》のお部屋《へや》の鍵《かぎ》を、全部《ぜんぶ》、持《も》っている人《ひと》のことですわ。』

そうだよ。ここだってお城《しろ》だもの。すべての部屋《へや》の鍵《かぎ》は、ひとまとめにされているはず。そして、ここが廊下《ろうか》のはじまりである以上《いじょう》、それはこの近《ちか》くにあるんじゃない？

あたしは、あわてて、階段《かいだん》のところまで、かけもどった。そして、目《め》をこらして、あたりを見《み》まわしてみると……。

あれ？　階段《かいだん》のかげに、ドアがひとつある。それは、ほかのドアよりも、ひとまわり大《おお》きなドア。それに、なにか札《ふだ》がついてる。

あたしはドアにかけよると、ほこりをかぶった札《ふだ》を、指《ゆび》でこすってみると。

王宮配室長室《おうきゅうはいしつちょうしつ》

やっぱり！　あとは、ここが開《あ》いてるかどうかだよ！

あわてて、ドアノブに手《て》をかけて、まわしてみると。

キイ……。

まわった！　ド、ドアが開《あ》いたよ！

しかも、入《はい》ってすぐのかべに、たくさんの鍵《かぎ》を通《とお》した大《おお》きな金属《きんぞく》の輪《わ》がかけてあった。

やった！　これで、ドアを開《あ》けることができるよ！

でも、金属《きんぞく》の輪《わ》に手《て》をのばしたところで、とんでもないことに気《き》がついた。

金属《きんぞく》の輪《わ》は、ひとつじゃない。ひとつ、二つ、三つ……。九つもある！

ひとつの輪《わ》に、五十個《こ》の鍵《かぎ》があるとして、全部《ぜんぶ》で四百五十。それを、ひとつひとつ、鍵《かぎ》が開《あ》くかどうかたしかめるなんて、とても無理《むり》。仮《かり》にできたとしても、とんでもない時間《じかん》がかかるもの。

あたしは、ドレスがよごれるのもかまわず、砂《すな》だらけの床《ゆか》にへたりこんだ。

……いったいどうしたら、いいの？　マガズキンは、このお城《しろ》の、どこかのお部屋《へや》にいるはずなのに、助《たす》けようがないなんて……。

ああ、なんだか、だんだん、イライラしてきたよ。もう、めんどくさいから、ギュービッド先輩《せんぱい》にもらったダイナマイトで、とびらをふっ飛《と》ばしちゃおうか！　どれくらい威《い》力《りょく》があるのかわからないけど、三つや四つはふき飛《と》ぶはず……。

って、だめだよね。いまのあたし、ダイナマイトは持《も》ってない。あれは制服《せいふく》のスカートのポケットに入《い》れたまま、お着《き》がえをした部屋《へや》においてきちゃったから。

……もう絶望的《ぜつぼうてき》ね。とびらをふき飛《と》ばそうにも、このイライラをおさえようにも、ダイナマイトがなければ、どうしようもないもの。ああ、ギュービッド先輩《せんぱい》、あたし、どうしたらいいんでしょうか……。

『短気《たんき》なところをなんとかすれば、まじめな性格《せいかく》が生《い》きるってわけ。』

ギュービッドさまがいった言葉《ことば》が、よみがえった。

短気《たんき》を起《お》こさず、まじめに……。

それって、この鍵《かぎ》を調《しら》べろってこと？　何百《なんびゃく》もの鍵《かぎ》を、ひとつひとつ？

……まって。ブラックウィッチ学園《がくえん》のヘカテたちも、この鍵《かぎ》を使《つか》ったのよね？　そうでなければ、マガズキンを閉《と》じこめることはできないもの。ということは、一見《いっけん》、同《おな》じに見《み》える鍵《かぎ》にも、なにかちがいがあるはず。ひと目《め》で、これ、とわかる特徴《とくちょう》が……。

あたしは、あわてて、鍵《かぎ》のたばに飛《と》びついた。それから、一本《いっぽん》、一本《いっぽん》、金属《きんぞく》の輪《わ》に通《とお》された鍵《かぎ》を調《しら》べはじめた。でも、やっぱり、どれも同《おな》じに見《み》える。鍵《かぎ》の先《さき》についたぎざぎざの形《かたち》は、一本一本《いっぽんいっぽん》ちがうけど、それだけじゃ、どれがどの部屋《へや》の鍵《かぎ》かわからない。それは、ヘカテたちにとっても、同《おな》じはずで。

……だったら、ヘカテたちは、どうやって、マガズキンを閉《と》じこめる部屋《へや》を選《えら》んだんだろ。いや、それよりなにより、どうやって、マガズキンをつかまえたんだろ。お城《しろ》をうろうろしているところを、いきなり、とりかこんだ？

ううん、そんなはずないよ。相手《あいて》が五人《にん》じゃ、勝《か》ち目《め》はないけれど、でも、マガズキンは暴《あば》れたはず。そして、大声《おおごえ》もあげたはず。でも、そうしたら、舞踏会《ぶとうかい》に来《き》た人《ひと》たちに、聞《き》こえちゃうかもしれないよね。そんな危険《きけん》はおかさないんじゃない？

そうだ、部屋《へや》の鍵《かぎ》を開《あ》けて入《はい》ったのは、マガズキンのほうなのかも。それを見《み》たヘカテたちが、外《そと》からドアを閉《し》め、鍵《かぎ》をかけ、閉《と》じこめた。それなら、だれにも聞《き》こえる心配《しんぱい》はないし、鍵《かぎ》をここへもどせば、どの部屋《へや》に閉《と》じこめたかも、わからない……。

でも、だとしたら、マガズキンは、いったい、どの部屋《へや》へ……。

考《かんが》えるのよ、あたし！　マガズキンは、最高《さいこう》のルームメイトなのよ！　つながりの手鏡《てかがみ》に映《うつ》らなくても、マガズキンがなにを考《かんが》えて、なにをするか、わかるはず！

あたしは、目《め》を閉《と》じて、必死《ひっし》にマガズキンの姿《すがた》を思《おも》いうかべた。そうしたら、ふと、ボートのなかでのマガズキンの言葉《ことば》がよみがえり……。

『ほんとはさ、あたし、ダンスなんか、どうでもいいの。』

あのとき、マガズキンは、灰色《はいいろ》の瞳《ひとみ》をきらきらさせてたっけ……。

『興味《きょうみ》があるのはお城《しろ》！　だって、プレラチ城《じょう》には、「青《あお》ひげ」の話《はなし》と、同《おな》じしかけがあるらしいんだ。』

『青《あお》ひげ』！　そ、それだよ！　マガズキン、いってたっけ。青《あお》ひげの館《やかた》にもたくさんの部屋《へや》があるって。そして、青《あお》ひげは、娘《むすめ》に、鍵《かぎ》のたばをわたした……。

『どの部屋《へや》に入《はい》ってもいいが、このいちばん小《ちい》さな鍵《かぎ》で開《あ》く、廊下《ろうか》のつきあたりの部屋《へや》には、ぜったいに入《はい》ってはならないぞ。』

いちばん小《ちい》さな鍵《かぎ》。廊下《ろうか》のつきあたりの部屋《へや》。

『ところが、なんと、いくらふきとっても、鍵《かぎ》についた血《ち》が消《き》えないんだ！』

わ、わかった！

あたしは、鍵《かぎ》のたばに飛《と》びついた。

いちばん小《ちい》さな鍵《かぎ》……。血《ち》のついた、いちばん小《ちい》さな鍵《かぎ》……。

あった！　金色《きんいろ》のとってに、ぽつんと、でも、まっ赤《か》なしみのついた小《ちい》さな鍵《かぎ》！

あとは、これを持《も》って、廊下《ろうか》のいちばん奥《おく》の部屋《へや》に行《い》くだけ！

あたしは、鍵《かぎ》をぬきとると、王宮配室長室《おうきゅうはいしつちょうしつ》を飛《と》びだした。そして、うす暗《ぐら》い廊下《ろうか》を、走《はし》る、走《はし》る！

想像《そうぞう》もつかないほど、長《なが》い廊下《ろうか》だった。はだしの足《あし》に、石《いし》の床《ゆか》が冷《つめ》たかった。つもったほこりのなかには、小石《こいし》がまじっていて、痛《いた》かった。

でも、走《はし》った。最高《さいこう》のルームメイトを助《たす》けるためなら、なんとも思《おも》わなかった。

どれくらい走《はし》っただろう。息《いき》がはずんで、苦《くる》しくなってきたころ。闇《やみ》のなかに、廊下《ろうか》の終《お》わりが浮《う》かびあがった。そして、そこには、とびらがひとつ。

とびらに飛《と》びついて、赤《あか》いしみのついた鍵《かぎ》を鍵穴《かぎあな》にさしこむ。そして、左《ひだり》にまわすと。

がちゃり。

開《あ》いた！

あたしは、ドアノブをまわして、とびらを開《あ》けた。すると、部屋《へや》のなかで、人影《ひとかげ》が、ぎょっとふりむいて。

「うわぁ！　青《あお》ひげ！」

ええっ？

「お、お願《ねが》いです。青《あお》ひげさま。あたしを殺《ころ》さないでください……。」

灰色《はいいろ》の瞳《ひとみ》が、きょときょとしてる。

「マガズキン！　あたしよ！　桃花《とうか》よ！」

灰色《はいいろ》の瞳《ひとみ》の動《うご》きが、ぴたっと止《と》まった。

「桃花《とうか》？　ああ、桃花《とうか》か！」

マガズキンが、あたしに飛《と》びついてきた。あたしは、その体《からだ》を、ぎゅっとだきしめて。

「ああ、桃花《とうか》でよかったぁ。青《あお》ひげがあたしを殺《ころ》しにきたのかとばっかり……。」

ばかね。それは、お話《はなし》の世界《せかい》のことでしょ。だいたい、このお部屋見《へやみ》てよ。がらんとして、死体《したい》なんか、ひとつもないじゃないの。

「ちがうって。あたしは最初《さいしょ》の犠牲者《ぎせいしゃ》にされるところだったんだよ。だって、ここは青《あお》ひげに入《はい》っちゃいけないっていわれた部屋《へや》だぞ。それを青《あお》ひげに見《み》つかって……。」

ああ、つながりの手鏡《てかがみ》に映《うつ》らなかったのは、そういうことだったのね。命《いのち》の危険《きけん》っていうのは、青《あお》ひげに殺《ころ》されるかもっていう、マガズキンの思《おも》いこみだったんだ。

「それじゃあ、マガズキンは、ヘカテたちの姿《すがた》は見《み》てないんだね。」

「ヘカテ？　それ、人間界《にんげんかい》の死《し》の女神《めがみ》のことだろ？　ちがうって、プレラチ城《じょう》に関係《かんけい》あるのは、青《あお》ひげの話《はなし》で……。」

まったく！　いつまでお話《はなし》の世界《せかい》にひたってるの！

でも、ほんとに、無事《ぶじ》でよかった！　さあ、一刻《いっこく》も早《はや》く帰《かえ》ろう！

「帰《かえ》る？　でも、まだ舞踏会《ぶとうかい》は終《お》わってないんだろ？　それに制服《せいふく》に着《き》がえないと……。」

そんなひまはないの。こんなところ、ヘカテたちに見《み》つかったら、めんどうなことになるんだから。

「とにかく、マガズキン、これを飲《の》んで。」

あたしは、移動魔法薬《いどうまほうやく》をとりだすと、マガズキンにわたした。そして、あたしも、自分《じぶん》のぶんのキャップをぽんと開《あ》けて。

「なあ、桃花《とうか》。」

マガズキンが、あたしの顔《かお》をじっと見《み》つめる。

「あたしたち、パジョー先生《せんせい》のテスト、合格決定《ごうかくけってい》だな。だって、命《いのち》の危険《きけん》にさらされたあたしの姿《すがた》、つながりの手鏡《てかがみ》に映《うつ》らなかったんだろ？」

うん！　あたしたち、最高《さいこう》に、心《こころ》と心《こころ》がつながった仲間《なかま》ってことよね！

ほほえみあったあたしたちは、移動魔法薬《いどうまほうやく》を、ぐいっと飲《の》みこんだ。

★

「うーむ……。」

メリュジーヌ先生《せんせい》は、机《つくえ》の前《まえ》で、考《かんが》えこんじゃった。

ここは、校長室《こうちょうしつ》。

移動魔法薬《いどうまほうやく》のおかげで、一瞬《いっしゅん》で魔女学校《まじょがっこう》にもどったマガズキンとあたしは、先《さき》に帰《かえ》っていたティアーと三人《にん》で、校長室《こうちょうしつ》にかけこんだ。マガズキンもあたしも、どハデなドレス姿《すがた》のまま。しかも、あたしは、はだしだったから、すれちがう生徒《せいと》たちは、みんな、あっけにとられていたけれど。

「先生《せんせい》、なにを考《かんが》えこんでいらっしゃるんですの？　桃花《とうか》とマガズキンは、いっとう危険《きけん》なめにあわれたんですのよ！　だんぜん、魔界警察《まかいけいさつ》に通報《つうほう》していただきたいですわ！」

ティアーが、メリュジーヌ先生《せんせい》にくってかかってる。こういうときって、案外《あんがい》、ひどいめにあった本人《ほんにん》よりも、それを聞《き》いた人《ひと》のほうが怒《おこ》るものみたいで。

「それとも、先生《せんせい》は、桃花《とうか》の話《はなし》を信用《しんよう》なさらないとか？」

メリュジーヌ先生《せんせい》の銀《ぎん》ブチめがねが、ぴくっと動《うご》いた。

「信《しん》じているさ。二人《ふたり》のどろどろのドレスを見《み》て、信《しん》じないほうがおかしいだろ。だからこそ、制服《せいふく》を返《かえ》してもらうよう、わたしがじきじきにたのんだのだし。」

「でしたら、どうして！」

メリュジーヌ先生《せんせい》は、ふうっと、ためいきをついた。

「舞踏会《ぶとうかい》の主催者《しゅさいしゃ》が、レオナール伯爵《はくしゃく》だとわかったからだよ。レオナール伯爵《はくしゃく》は、私立《しりつ》ブラックウィッチ学園《がくえん》の理事長《りじちょう》。もし、この事件《じけん》に、伯爵《はくしゃく》が関《かか》わっているようなことがあれば、めんどうなことになるからね。」

どういうことですか？

でも、メリュジーヌ先生《せんせい》は、話《はなし》を打《う》ち切《き》るように、立《た》ちあがって。

「とにかく、あとのことは、わたしにまかせておくれ。全校生徒《ぜんこうせいと》に、外出許可日《がいしゅつきょかび》には、ブラックウィッチ学園《がくえん》の生徒《せいと》には、十分注意《じゅうぶんちゅうい》するようにいっておこう。」

結局《けっきょく》、話《はなし》は、そこでおしまい。あたしたちは、お部屋《へや》に帰《かえ》されてしまい。

「だんぜん、納得《なっとく》がいきませんわ！　校長先生《こうちょうせんせい》は、なにを考《かんが》えておいでなのかしら！」

ティアーったら、まだ興奮《こうふん》してる。無理《むり》もないよ。あたしも、ふしぎだもの。それに、レオナール伯爵《はくしゃく》が関《かか》わってると、めんどうなことになるって、どういうこと？

「いいじゃない、それはそれで、ミステリーのネタになるんだし。」

マガズキンが、ぽつり。見《み》ると、マガズキンったら、机《つくえ》にむかっていて。

ねえ、なにしてるの？

「記録《きろく》だよ！　こんなすごい体験《たいけん》、創作《そうさく》に生《い》かさない手《て》はないだろ？」

うーむ、あんなにひどいめにあったのに、それをまた、お話《はなし》のネタにするんだ……。

でも、そういうマガズキン、ある意味《いみ》、尊敬《そんけい》するなぁ。そこまでうちこめるものがあるって、すごいこと……。

「よくいうよ。桃花《とうか》だって、生活監督官《せいかつかんとくかん》として、すごい働《はたら》きぶりだったじゃないか。高等女司祭《ハイ・プリーステス》─首席《しゅせき》で卒業《そつぎょう》ってコース、まっしぐらって、感《かん》じだもん。」

「ほんとですわ。昔《むかし》みたいに、かぁっとなることも、うそみたいに、なくなりましたし。」

あ、それには、ちょっとした秘密《ひみつ》があるの。って、それは二人《ふたり》にもないしょだけど。

コンコン。

あれ？　だれか、来《き》たみたい。

とびらを開《あ》けると、なんと、ぷっくりした子《こ》どもが、ぷかぷか宙《ちゅう》に浮《う》いていた。しかも、頭《あたま》には角《つの》が二本《ほん》、大《おお》きなおしりには、矢印《やじるし》みたいなしっぽがついてて。

「おいらは情報屋《じょうほうや》の悪魔情《あくまじょう》！　悪魔《あくま》が名字《みょうじ》で、情《じょう》が名前《なまえ》ね。そこんとこ、よろしく！」

は、はあ……。それで、ご用《よう》はいったい……。

「プレラチ城《じょう》におわすれになった、制服《せいふく》を二着《ちゃく》、おとどけにあがりました～。」

あ、そうなんだ！　ありがとうございます！

ところが悪魔情《あくまじょう》さん、荷物《にもつ》をわたすとき、あたしの耳《みみ》もとに顔《かお》をよせて。

「桃花《とうか》・ブロッサムさん、これはご忠告《ちゅうこく》なんですが、制服《せいふく》にダイナマイトを入《い》れるのは、とっても危険《きけん》なので、やめたほうがいいんじゃないでしょうか～。」

ええ？　ちょ、ちょっと！　女《おんな》の子《こ》の制服《せいふく》をさぐるなんて、失礼《しつれい》すぎるわよ！

「ひえっ～、おいら、さぐったりなんかしてませんよ～。運送《うんそう》の途中《とちゅう》、ポケットから飛《と》びだしてきたのを見《み》ただけなんで、そこんとこ、よろしく！」

ぜんぜんよろしくありません！　だったら、見《み》なかったことにして！　これには、特別《とくべつ》なわけもあるんだし！

「と、とにかく、おいらは、これで～。」

悪魔情《あくまじょう》さん、あたふたしながら、飛《と》んでいっちゃった。

ふう……。まったく、とんだ情報屋《じょうほうや》さんね……。

「ダイナマイトねぇ。」

へ？　あ、マガズキンにティアー……。き、聞《き》いてたの？

「特別《とくべつ》なわけって、なにかしらねぇ。」

ああ、やっぱり、二人《ふたり》には話《はな》したほうがいいよね。

「じつはね……。」

そうしたら、ティアーが、ぱっと、あたしの口《くち》をふさいで。

「金蘭《きんらん》の友《とも》に、言葉《ことば》はいりませんのよ。」

「そういうこと。あたしたちには、これがあるんだしさ。」

マガズキンが出《だ》したのは、つながりの手鏡《てかがみ》。

「ま、なくても、同《おな》じだけどねぇ。ふふふっ。」

……そ、そうか。そうよね。あたしたち、そばにいても、遠《とお》くはなれていても、いつでも、どこでも、つながってるのよね。

「そうですわ、だって、あたくしたちは……。」

あたしたち三人《にん》は、顔《かお》を見《み》あわせると、声《こえ》をそろえて、さけんだ。

「王立《おうりつ》魔《ま》女《じょ》学校《がっこう》一《いち》のルームメイト！」

ああ、魔《ま》女《じょ》学校《がっこう》って、最高《さいこう》！

桃花《とうか》の黒魔女《くろまじょ》つうしんぼ

	評《ひょう》価《か》	コメント
自分《じぶん》に 自信《じしん》を持《も》つ	1 できる 2 ふつう ③がんばろう	いつまでも生《う》まれ育《そだ》ちを 気《き》にしていては、 いい黒魔女《くろまじょ》になれませんよ。
いつも 正直《しょうじき》である	1 できる 2 ふつう ③がんばろう	ギュービッドがシーラカンスに したいたずらを、秘密《ひみつ》にして たのは、いただけませんね！
みんなを楽《たの》しい 気持《きも》ちにできる	1 できる 2 ふつう ③がんばろう	王立魔女学校生《おうりつまじょがっこうせい》なら、 もっとダジャレを かますべきです。
他人《たにん》の言葉《ことば》に 耳《みみ》をかたむける	1 できる 2 ふつう ③がんばろう	魔砦死《まさし》の占《うらな》いは、 でたらめではないことが、 そのうちわかるでしょう。
落《お》ちついて 考《かんが》えることが できる	①できる 2 ふつう 3 がんばろう	プレラチ城《じょう》での活躍《かつやく》は、 みごとでしたね！

保護者《ほごしゃ》の方《かた》へ

わたしが見《み》こんだとおり、まじめで努力家《どりょくか》。友《とも》を想《おも》う熱《あつ》い心《こころ》も持《も》つ、王立魔女学校《おうりつまじょがっこう》の校訓《こうくん》そのもののような生徒《せいと》です。その成長《せいちょう》ぶりをご両親《りょうしん》にぜひお見《み》せしたいのですが、桃花《とうか》にはこのあと人間界《にんげんかい》での大仕事《おおしごと》が待《ま》っていることをご理解《りかい》ください。

いまは泣《な》く子《こ》もだまる鬼校長《おにこうちょう》でも、昔《むかし》は桃花《とうか》なんか目《め》じゃないほどの美《び》少女黒魔女《しょうじょくろまじょ》だったメリュジーヌ

王立《おうりつ》魔女《まじょ》学校《がっこう》の取材《しゅざい》をおえて

チョコ
「黒魔女《くろまじょ》さんが通《とお》る!!」の主人公《しゅじんこう》。黒魔女修行中《くろまじょしゅぎょうちゅう》の小学《しょうがく》５年生《ねんせい》。

石崎洋司《いしざきひろし》先生
作家《さっか》。「黒魔女《くろまじょ》さんが通《とお》る!!」などを書《か》いている。

石《いし》崎《ざき》　ああ、のどがかわいたなぁ。そうだ、お茶《ちゃ》の時間《じかん》にしよ……。

チョコ　こんにちは！　先生《せんせい》、読《よ》みましたよ！

石《いし》崎《ざき》　あ、チョコちゃん！　読《よ》んだって、なにを？

チョコ　桃花《とうか》ちゃんのお話《はなし》ですよ！　もう、めっちゃおもしろかったdeath《です》！

石《いし》崎《ざき》　早《はや》っ！　でも、おもしろいといってもらえて、よかった。わざわざ魔界《まかい》へ取材《しゅざい》に行《い》ったかいがあったよ。今回《こんかい》の取材旅行《しゅざいりょこう》は、ほんとに楽《たの》しかったからね。

チョコ　そうなんですか？　じゃあ、おみやげ話《ばなし》、聞《き》かせてください！

石崎《いしざき》　おみやげ？　もちろん！　それじゃあ、まずはお茶《ちゃ》でも飲《の》みながら。

チョコ　ありがとうございます！　……ん？　く、くさい、このお茶《ちゃ》……。

石崎《いしざき》　そりゃそうでしょ。メリュジーヌ先生《せんせい》に、おみやげにもらった、干《ほ》しナメクジティーだもの！

チョコ　うがぁ！　ぎ・ぼ・ぢ・ば・ぶ・い……。

石崎《いしざき》　わわわ！　だいじょうぶ？　さあ、ふつうの紅茶《こうちゃ》をいれたから、こっちを飲《の》んで。

チョコ　……ふう。死《し》ぬかと思《おも》った。先生《せんせい》、あたしがいったのは、魔界《まかい》の「おみやげ」じゃなくて、おみやげ「話《ばなし》」のほうなんですけど。

石崎《いしざき》　し、知《し》ってたぜ。で、チョコちゃん、どんな話《はなし》から聞《き》きたい？

チョコ　そうですねぇ。それじゃあ、まず、先生《せんせい》は取材中《しゅざいちゅう》、どこに泊《と》まっていたかってことから。だって、魔女学校《まじょがっこう》は女子校《じょしこう》でしょう？　まさか、校内《こうない》に泊《と》まるわけにはいかなかったはずだし。

石崎《いしざき》　ちっ、ちっ、ちっ。それが校内《こうない》なんだなぁ。むかし、エクソノームさまが宿舎《しゅくしゃ》に使《つか》っていた部屋《へや》を貸《か》してもらったんだよ。

チョコ　なるほど。そういえば、このお話《はなし》でも、エクソノームさま、ちょっと登場《とうじょう》されてましたね。それが、桃《とう》花《か》ちゃんが二年生《ねんせい》になったところで、「ご都合《つごう》でおやめになったから」って、セリフが出《で》てきたんで、ああ、あのことかぁって、胸《むね》が痛《いた》みました。

石崎《いしざき》　読者《どくしゃ》のみなさん、チョコちゃんが胸《むね》を痛《いた》めた理由《りゆう》がよくわからない方《かた》は、『黒魔女《くろまじょ》さんが通《とお》る!!』シリーズを一巻《かん》から読《よ》んでいただくと、わかるので……。

チョコ　先生《せんせい》、宣伝《せんでん》はいいですから、おみやげ話《ばなし》をお願《ねが》いします。

石崎《いしざき》　そ、そうだね。とにかく、そんなわけで、ずっと校内《こうない》にいられたから、いろいろな人《ひと》に話《はなし》を聞《き》くことができたよ。メリュジーヌ先生《せんせい》はもちろん、秘書《ひしょ》のジェニファーさんや……。

チョコ　ジェニファーさん！　読者《どくしゃ》のみなさ～ん。『黒魔女《くろまじょ》さんが通《とお》る!!　part0《パートゼロ》』に、お名《な》前《まえ》だけ、ちらっと出《で》てきた方《かた》ですよ～。まだの方《かた》は、ぜひ、読《よ》んでくださいね～。

石崎《いしざき》　チョコちゃん、宣伝《せんでん》はいいから、おみやげ話《ばなし》をさせてよ。

チョコ　す、すいません。あたしとしたことが、つい……。でも、先生《せんせい》、今回《こんかい》のお話《はなし》、あたしもよく知《し》ってる方《かた》が出《で》てきて、ほんとになつかしかったです。魔法図書館《まほうとしょかん》のカイムさん、カボチャ三兄弟《さんきょうだい》のジャック・オウ・ランタンさん、濡鳥先生《ソーククロウせんせい》とか、もういろいろ！

石崎《いしざき》　みんなも、チョコちゃんのこと、よくおぼえていたよ。そうそう、濡鳥先生《ソーククロウせんせい》のお部屋《へや》には、あいかわらず、ものすごい数《かず》のムーミン・グッズがならんでいたっけ。なんでも、二〇一四年《ねん》は、ムーミンの作者《さくしゃ》、トーベ・ヤンソンさんの生誕百周年《せいたんしゅうねん》で、人間界《にんげんかい》では記念展覧会《きねんてんらんかい》がたくさん開《ひら》かれたんだって。そこで限定《げんてい》グッズを「爆《ばく》

これが、おっそろしいプレラチ城《じょう》。
ぼくが、ジャックだよ！
ぼくが、オウだよ！
ぼくが、ランタンだよ！
三人《さんにん》そろって、ジャック・オウ・ランタン！

買《が》い」してきたらしく。

チョコ　ふふ。あの先生《せんせい》、ものすごくこわいけど、そういうかわいい一面《いちめん》もあるんですよね。

石《いし》崎《ざき》　それから、お城《しろ》好《ず》きのぼくには、プレラチ城《じょう》に行《い》けたことも、よかったなぁ。

チョコ　そのお城《しろ》、ハロウィーンのとき、あたしもボートから見《み》ました。ものすごく大《おお》きくて、りっぱなお城《しろ》ですよね。

石《いし》崎《ざき》　それが、実際《じっさい》に行《い》ってみると、もう、巨大《きょだい》なお化《ば》け屋敷《やしき》みたいでね。

チョコ　お話《はなし》のなかでも、もう使《つか》われていない「廃城《はいじょう》」って、書《か》いてありましたけど……。

石《いし》崎《ざき》　大《おお》きなお城《しろ》だけに、がらーんとして、かえってこわいんだよ。風《かぜ》が吹《ふ》きぬける音《おと》は、すすり泣《な》く女《おんな》の声《こえ》のようだし、白《しろ》い霧《きり》の中《なか》から、立《た》ったまま死《し》んだというガイコツの衛兵《えいへい》があらわれたり。

チョコ　………。

石《いし》崎《ざき》　「青《あお》ひげの部屋《へや》」にも行《い》ったよ。なんと、なかはいまでも血《ち》の海《うみ》！　それで、ぼくも、思《おも》わずぎょっとして、十円玉《えんだま》を落《お》としちゃったんだけど、そこについた血《ち》が、「青《あお》ひげ」のお話《はなし》のとおり、いくらふいてもとれないんだ。ほら、ここにその十円玉《えんだま》が……。

チョコ　や、やめてください！　あたし、オカルト大好《だいす》き少女《しょうじょ》ですけど、こわい話《はなし》は、ギュービッドさま以上《いじょう》に苦手《にがて》なんです。それより、もっとおもしろいお話《はなし》をお願《ねが》いします。

石崎《いしざき》　おもしろいのは、なんといっても、やっぱり生徒《せいと》たちの寄宿舎生活《きしゅくしゃせいかつ》だよね。

チョコ　そこは、あたしも楽《たの》しかったです。ひとりっ子《こ》のせいかもしれないけど、ルームメイトと毎日暮《まいにちく》らすって、どんな感《かん》じなんだろうなぁって。

石崎《いしざき》　勉強《べんきょう》も教《おし》えあうし、部屋同士《へやどうし》で「最低《さいてい》の部屋《へや》」を争《あらそ》ううちに、しぜんと仲間意識《なかまいしき》が強《つよ》まって、ルームメイトは「金蘭《きんらん》の友《とも》」になるんだって、みんな、いってたよ。

チョコ　それを表《あらわ》すのが「つながりの手鏡《てかがみ》」なんですよね！　ってことは、桃花《とうか》ちゃん、いまも持《も》ってるのかなぁ？

石崎《いしざき》　もちの、ろん！　取材《しゅざい》では、ティアーさんやマガズキンさんにも会《あ》ったんだけど、三人《にん》はいまでも、ときどき「つながりの手鏡《てかがみ》」でおしゃべりしてるんだって。

チョコ　へえ〜。まさに、かけがえのないお友《とも》だちって、やつですね。いいなぁ。

はじめてのルームメイトにドキドキ！

石崎《いしざき》 じつは、そのことで、おどろきの新事実《しんじじつ》があるんだよ。ギュービッドさまって、昔話絵《むかしばなしえ》本《ほん》が大好《だいす》きでしょ。あれ、マガズキンさんの影響《えいきょう》らしいんだ。

チョコ どういうことですか？

石崎《いしざき》 桃花《とうか》ちゃんが、日本昔話《にほんむかしばなし》のことをマガズキンさんに話《はな》したら、とっても気《き》に入《い》って、さっそく魔界昔話《まかいむかしばなし》にしたてたんだって。たとえば、『桃《もも》だろう』とか。

チョコ あ、それ、知《し》ってます。あたしが第一小《だいいちしょう》の図書委員長《としょいいんちょう》になったとき、ギュービッドさまに、学校《がっこう》の予算《よさん》で『桃《もも》だろう』の絵本《えほん》を買《か》えっていわれたんです。なんでも、桃《もも》から生《う》まれた赤《あか》ちゃんは、とんでもない記憶《きおく》レスで、名前《なまえ》をきかれても思《おも》いだせなくて、『たぶん、桃《もも》だろう！』っていったとかいう、脱力《だつりょく》ギャグ話《ばなし》。ってことは、マガズキンさん、ほんとに、魔界昔話作家《まかいむかしばなしさっか》になったんですね！

石崎《いしざき》 そうなんだよ。ギュービッドさま、「後輩《こうはい》がプロ作家《さっか》になれるなら、あたしだって。」って、はりきっちゃったんだって。

チョコ そうか、だから、図書館《としょかん》から昔話絵本《むかしばなしえほん》を借《か》りてこいって、うるさくいうんだ。なんか、いろいろと不思議《ふしぎ》に思《おも》ってたことがわかって、おもしろいなぁ。桃花《とうか》ちゃんが、ダイナ

——（注）生徒《せいと》が酔《よ》っぱらうのは、魔女学校《まじょがっこう》の日常《にちじょう》ではありません。

マイトを持《も》っている理由《りゆう》もわかりましたし。ねえ、先生《せんせい》、ほかにもまだ、お話《はなし》に書《か》いていないこと、あるんですよね？

石崎《いしざき》　うん。今回《こんかい》は「事件《じけん》」を中心《ちゅうしん》に書《か》いたから、桃花《とうか》ちゃんたちの日常生活《にちじょうせいかつ》は、あまりくわしく書《か》けなかったしね。

チョコ　魔女学校《まじょがっこう》の日常生活《にちじょうせいかつ》！　それ、読《よ》みたいです！

石崎《いしざき》　ほんとに？　でも、それって、給食当番《きゅうしょくとうばん》で大失敗《だいしっぱい》とか、校内清掃《こうないせいそう》はつらいよとか、先生《せんせい》方《がた》のあだ名《な》をみんなでつける話《はなし》とか、ふるさとからの手紙《てがみ》でホームシックになった話《はなし》とか、好《す》きな魔界《まかい》タレントはだれかとか、そういうことだけど……。

チョコ　それがいいんです！　黒魔女《くろまじょ》さんの給食当番《きゅうしょくとうばん》だなんて、想像《そうぞう》しただけで、おもしろそうですもん。読者《どくしゃ》のみなさん、そうですよね？

石崎《いしざき》　わかりました。それじゃあ、読者《どくしゃ》のみなさんの声《こえ》をうかがってから、書《か》きたいと思《おも》います。みなさん、ぜひ、感想《かんそう》やご意見《いけん》、およせくださいね！

王立《おうりつ》魔《ま》女学校《じょがっこう》 vs.《バーサス》 私立《しりつ》ブラックウィッチ学園《がくえん》。
あなたはどちらに通《かよ》いたい？

この本《ほん》に登場《とうじょう》した読者《どくしゃ》キャラ&《アンド》魔法《まほう》

桃花《とうか》ちゃんやギュービッド先輩《せんぱい》が活躍《かつやく》する「黒魔女《くろまじょ》さんが通《とお》る!!」シリーズでは、魔界《まかい》グッズやキャラクターなど、読者《どくしゃ》のみなさんのアイデアを募集《ぼしゅう》しています。青《あお》い鳥文庫《とりぶんこ》のサイトのなかにある「黒魔女《くろまじょ》さんが通《とお》る!!」のページから、あなたのアイデアも応募《おうぼ》してね！

http://aoitori.kodansha.co.jp/　青い鳥文庫　検索

読者《どくしゃ》キャラ &《アンド》 魔界《まかい》グッズ

ティアー

提案者／大橋優菜

魔《ま》が好《ず》きんちゃん
（マガズキンちゃん）

提案者／河本理佐

つながりの手鏡《てかがみ》

提案者／五条美羅

★この本《ほん》について

この本《ほん》は、青《あお》い鳥文庫《とりぶんこ》「黒魔女《くろまじょ》さんが通《とお》る!!」シリーズ開始《かいし》10周年記念《しゅうねんきねん》スペシャル作品《さくひん》なので、そこんとこ、よろしく！

10周年記念《しゅうねんきねん》アンケートより

「桃花《とうか》ちゃんの明《あか》るくてガンバリ屋《や》さんなキャラクターがとても好《す》きなんです♪」（安藤優花《あんどうゆうか》さん）
「桃花《とうか》ちゃん大好《だいす》きです!!　ギュービッドさまとチョコちゃんが主人公《しゅじんこう》っぽい話《はなし》はあるのに、なんで桃花《とうか》ちゃんが主人公《しゅじんこう》の話《はなし》はないんでしょうか？」（ももか・ブロッサムさん）
「桃花《とうか》ちゃんの『おっくれってるぅ。』が好《す》きです。桃《もも》ちゃんのときも好《す》きです。なので、桃花《とうか》ちゃんが主人公《しゅじんこう》の話《はなし》を読《よ》んでみたいです。」（ソラニャンさん）
「桃花《とうか》ちゃんが主人公《しゅじんこう》のお話《はなし》が読《よ》みたい!!　できれば、魔女学校時代《まじょがっこうじだい》のお話《はなし》がいいな。」（ポプラノさん）
「私《わたし》は、桃花《とうか》ちゃんの大《だい》ファンなので桃花《とうか》ちゃんに1票《ぴょう》！　桃花《とうか》ちゃんになりますように!!」（柚木彰子《ゆのきあきこ》さん）

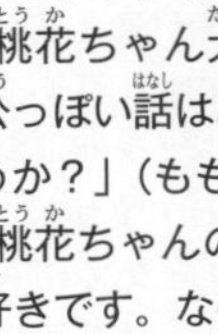

「あの人《ひと》が主人公《しゅじんこう》の話《はなし》が読《よ》みたい！」の読者《どくしゃ》アンケートで1位《い》に選《えら》ばれた、桃花《とうか》・ブロッサムの魔女学校時代《まじょがっこうじだい》のお話《はなし》、楽《たの》しんでいただけましたか。人間界《にんげんかい》のみなさんからのリクエストがあれば、石崎先生《いしざきせんせい》がまた、魔女学校《まじょがっこう》のお話《はなし》を書《か》いてくださるそうですよ。楽《たの》しみですね。

＊桃花《とうか》ちゃんに1票投《ぴょうとう》じてくれた1076名《めい》のみなさん、ありがとうございました！

＊著者紹介

石崎洋司《いしざきひろし》

3月21日東京都生まれ。ぎりぎりで魚座のA型。慶応大学経済学部卒業後、出版社に勤める。『世界の果ての魔女学校』（講談社）で野間児童文芸賞、日本児童文芸家協会賞受賞。手がけた作品に「黒魔女さんが通る!!」シリーズ（講談社青い鳥文庫）、『チェーン・メール』（講談社）、「マジカル少女レイナ」シリーズ（フォア文庫）、翻訳の仕事に『クロックワークスリー』（講談社）、「少年弁護士セオの事件簿」シリーズ（岩崎書店）などがある。

＊画家紹介

藤田《ふじた》　香《かおり》

関西出身。1月生まれの水瓶座B型。書籍、雑誌の挿絵や、ゲームのキャラクター画などで幅広く活躍中。挿絵の仕事に、「黒魔女さんが通る!!」シリーズ、『リトルプリンセス―小公女―』、「若草物語」シリーズ（以上、講談社青い鳥文庫）、「ユリエルとグレン」シリーズ（講談社）ほか。画集に『Fs5藤田香アートワークス』（エンターブレイン）がある。

この作品は書き下ろしです。

講談社　青い鳥文庫　　217-31

魔女学校物語《まじょがっこうものがたり》
最高《さいこう》のルームメイト
石崎洋司《いしざきひろし》

2015年８月15日　第１刷発行
2017年６月７日　第３刷発行

（定価はカバーに表示してあります。）

発行者　鈴木　哲
発行所　株式会社講談社
東京都文京区音羽2-12-21　郵便番号112-8001
電話　編集（03）5395-3536
販売（03）5395-3625
業務（03）5395-3615

N.D.C.913　268p　18cm
装　丁　久住和代
印　刷　図書印刷株式会社
製　本　図書印刷株式会社
本文データ制作　講談社デジタル製作

ISBN978-4-06-285507-5

黒《くろ》魔《ま》女《じょ》さんが大活躍《だいかつやく》！

石崎洋司《いしざきひろし》／作　藤田《ふじた》 香《かおり》／絵

黒《くろ》魔《ま》女《じょ》さんが通《とお》る!! シリーズ
(part《パート》0 ～ part《パート》19)

インストラクター黒魔女《くろまじょ》ギュービッドさまの「わかるまで、親身《しんみ》に指導《しどう》する」しごきのもと、黒魔女修行《くろまじょしゅぎょう》をがんばるチョコ。
へんなクラスメイトや魔界《まかい》の人《ひと》たちに負《ま》けないで、がんばって！

アニメ DVD《ディーブイディー》 付《つ》き
黒《くろ》魔《ま》女《じょ》さんが通《とお》る!!

黒魔女《くろまじょ》さんの最初《さいしょ》のお話《はなし》を収《しゅう》録《ろく》。アニメが２話《わ》ぶん見《み》られる DVD《ディーブイディー》 付《つ》き！

ほとんど全員集合《ぜんいんしゅうごう》！
「黒《くろ》魔《ま》女《じょ》さんが通《とお》る!!」キャラブック

チョコちゃんがみんなのプロフを集《あつ》めたよ！

魔女学校物語《まじょがっこうものがたり》

桃花《とうか》ちゃんが主人公《しゅじんこう》。
王立《おうりつ》魔女学校《まじょがっこう》のお話《はなし》だよ！

黒《くろ》魔女《まじょ》の騎士《きし》
ギューバッドシリーズ

（part《パート》1 ～ part《パート》2）

ギュービッドさまの大《おお》おばさん、
ギューバッドさまの大冒険《だいぼうけん》。

世界《せかい》の果《は》ての
魔女学校《まじょがっこう》

ちょっぴりこわい、
もうひとつの魔女学校《まじょがっこう》のお話《はなし》。

「講談社《こうだんしゃ》 青《あお》い鳥文庫《とりぶんこ》」刊行《かんこう》のことば

太陽《たいよう》と水《みず》と土《つち》のめぐみをうけて、葉《は》をしげらせ、花《はな》をさかせ、実《み》をむすんでいる森《もり》。小《こ》鳥《とり》や、けものや、こん虫《ちゅう》たちが、春《はる》・夏《なつ》・秋《あき》・冬《ふゆ》の生活《せいかつ》のリズムに合《あ》わせてくらしている森《もり》。森《もり》には、かぎりない自然《しぜん》の力《ちから》と、いのちのかがやきがあります。

本《ほん》の世界《せかい》も森《もり》と同《おな》じです。そこには、人間《にんげん》の理想《りそう》や知恵《ちえ》、夢《ゆめ》や楽《たの》しさがいっぱいつまっています。

本《ほん》の森《もり》をおとずれると、チルチルとミチルが「青《あお》い鳥《とり》」を追《お》い求《もと》めた旅《たび》で、さまざまな体験《たいけん》を得《え》たように、みなさんも思《おも》いがけないすばらしい世界《せかい》にめぐりあえて、心《こころ》をゆたかにするにちがいありません。

「講談社《こうだんしゃ》 青《あお》い鳥文庫《とりぶんこ》」は、七十年《ねん》の歴史《れきし》を持《も》つ講談社《こうだんしゃ》が、一人《ひとり》でも多《おお》くの人《ひと》のために、すぐれた作品《さくひん》をよりすぐり、安《やす》い定価《ていか》でおおくりする本《ほん》の森《もり》です。その一さつ一さつが、みなさんにとって、青《あお》い鳥《とり》であることをいのって出版《しゅっぱん》していきます。この森《もり》が美《うつく》しいみどりの葉《は》をしげらせ、あざやかな花《はな》を開《ひら》き、明日《あす》をになうみなさんの心《こころ》のふるさととして、大《おお》きく育《そだ》つよう、応援《おうえん》を願《ねが》っています。

昭和《しょうわ》五十五年《ねん》十一月《がつ》

講談社